U0926433

À chacun sa chanson

一支香颂，一个人

刘西鸿 著

青岛出版社

图书在版编目（CIP）数据

一支香颂，一个人 / 刘西鸿著 . -- 青岛 : 青岛出版社 , 2018.6
ISBN 978-7-5552-6969-4

Ⅰ . ①一… Ⅱ . ①刘… Ⅲ . ①散文集 – 中国 – 当代 Ⅳ . ① I267

中国版本图书馆 CIP 数据核字 (2018) 第 087519 号

书　　名　一支香颂，一个人
著　　者　刘西鸿
出版发行　青岛出版社
社　　址　青岛市海尔路 182 号（266061）
本社网址　http://www.qdpub.com
邮购电话　13335059110　0532-85814750（传真）0532- 68068026
出 版 人　孟鸣飞
策　　划　高继民　于　青
特约编辑　高继民
责任编辑　吴清波　梁　娜
特约校对　蓝　倩　李研佳
装帧设计　祝玉华
照　　排　光合时代
印　　刷　青岛海蓝印刷有限责任公司
出版日期　2018 年 6 月第 1 版　2018 年 6 月第 1 次印刷
开　　本　32 开（787mm × 1902mm）
印　　张　11.125
字　　数　220 千
印　　数　1-6000
书　　号　ISBN 978-7-5552-6969-4
定　　价　56.00 元

编校印装质量、盗版监督服务电话：4006532017　0532-68068638

序
Preface

文 / 格非

大概是 1987 年的夏天，在上海，刚刚留校任教的华东师大青年教师许子东，在文史楼的 104 教室发表了一个讲演。因为找不到座位，我就在窗口趴着听了会儿。许子东说，中国当代出现了一位前途无量的年轻女作家，名叫刘西鸿。她的成名作《你不可改变我》，足以与刘索拉的《你别无选择》相媲美。我离开那里的时候，脑子里还在想，为什么好作家都姓刘呢？十五年后，当我在巴黎第一次见到刘西鸿本人时，顺带着又想起了许子东，想起了文史楼 104 教室以及窗外正在盛开的夹竹桃——不过，那仿佛早已是上辈子的事了。

2002年，我应法兰西蓝色海岸协会的邀请，去法国参加国际写作项目。先是在巴黎开会，然后与三位中国作家一起，去普罗旺斯讲演。最后，我将独自一人前往法国和意大利交界处的一个名叫“山坳寄”的修道院，在那里与俄罗斯、比利时的几位作家待三个月。在普罗旺斯与国内同行离别时，莫言悄悄问过我，要不要给我留下一千美金，以备急需之用。可见，他对我窘迫的经济状况以及法国方面是否会及时如约提供生活费用，都有不小的疑虑。我谢绝了他的好意，但注定要后悔。我在修道院待了二十多天，合同中许诺的生活费却迟迟不来。我带在身上的一点钱，无论如何节省，也无法支撑到下个月了。那些日子，我做梦都想找个打零工的地方弄些钱来救急，梦醒后知道自己并不在中国，只能独自悲伤。

有一天，修道院负责人马歇布万先生派来了他的秘书，让我去一趟他的办公室。我误以为钱来了，内心一阵狂喜。可是布万先生让我去他的办公室，并不是要给我发钱，而是让我给他写一幅毛笔字。我掩饰着内心巨大的失望，笑嘻嘻地望着谢顶的布万先生，当场提笔写下“反诗”一首，语含讥讽与激愤。可惜的是，布万先生根本不懂中文，无法读出诗里向他催款的微言大义。

这首诗的前四句还算“雅驯”，大概是这样的：

羁旅山坳寄
他乡度残冬
晓霜侵阶白
落照过村红

在写这首诗的时候，我并不知道也不敢想象，不久前与我仅有过一面之缘的刘西鸿女士，已经驱车从巴黎出发，正疾驰在通往法国南部的高速公路上。她将经过普罗旺斯、马赛和尼斯，最终在一个晴朗的午后，抵达位于半山腰上的修道院，来探望并搭救她在法国“洋插队”的中国同行。

我在修道院住所的大露台上招待他们一家人。印象中，刘西鸿的丈夫罗朗，是个高大英俊的法国人，沉稳而友善，但不怎么爱说话。她的几个孩子依偎在父母的身边，不时用好奇的目光打量我。整整一个下午，我们喝着咖啡，享受着深冬温暖的阳光和橄榄树林化石般的寂静。临走时，刘西鸿执意给我留下的那笔钱，足以让我支撑到那一年的圣诞节——当上帝的福音书在圣方济各会修道院的教堂唱响之时，姗姗来迟的支票也已经悄然而至。

写作计划结束之后，我回到了北京。但如何偿还刘西鸿的那笔钱，一直是个问题。我和刘西鸿偶有邮件往返，每当我提到那笔钱，她总是不予理会，让我徒唤奈何。我知道她是广东肇庆人，就算回国探亲，也只在广州、深圳一带转悠。我后来也多次去过巴黎，因时间匆促或机缘不巧，我们再未见面。如果说我在国内每次见到师兄许子东，总会有片刻的走神，那一定是因为我想起了刘西鸿，还有我至今无法归还的那笔赠款。

今年元旦之后，刘西鸿给我寄来了她的一部书稿——那是她给南方某报所写专栏文章的合集，将由青岛出版社出版发行。我还是第一次认真阅读她的作品。前天早晨，因为十点钟要去院里开会，我本想读个几篇就去开会，没想到一口气读了二十多篇，开会的事早已忘得一干二净。很难用恰当的语言来描述我读到她随笔时的那种喜悦、赞佩以及欲罢不能的贪婪。

刘西鸿的《你不可改变我》曾获得过全国短篇小说奖，语言和叙事能力自不待言，且在法国居住多年，自可以在中西社会、历史、文化和现实场景之间出入无碍。她的那些短小、精粹的文字，含英咀华，笔触细腻而硬朗，毫无矫揉造作之气，却又耐人寻味，意蕴悠远，读之可以忘倦。好久没有读到这么妙趣横生的文章了。这些年来，几乎每天都会被微信公众号上网红们那些浮夸、变态而乖戾的文字折磨得头晕目眩，不知今夕何夕。阅读刘西鸿清新自然、文风平正的随笔，确有一振灰心，尽扫颓靡之感。

我很想给刘西鸿的随笔写个序言，但因多年前已定下了不再给人写序的戒律，颇费踌躇。以前，每每眼看就要破戒之时，总是被妻子的当头棒喝及时阻止。可这一次有点不一样。因为她也被刘西鸿的文章迷惑住了，且不时与我争抢电脑，让我“一边待着去”。她这个人，只要真心喜欢上某个东西，就会变得毫无原则。当她知道我的顾虑之后，立刻用一句流行的俗话对我进行了怂恿：“嗨，戒律这种东西，本来不就是用来打破的吗？”

自从我与西鸿在法国南部修道院分别，一晃又过去了十五年。其间，无论是她所居住的法国，还是我所谋食的北京，都发生了太多太多的事。时间变成了摧毁一切的无情机器。用马克思在《共产党宣言》中的话来说，“一切固定的僵化的关系以及与之相适应的素被遵从的观念和见解都被消除了，一切新形式的关系等不到固定下来就陈旧了”。我想，正是她的这些文章，在两位老友之间，弥合了时间的裂隙，使得距离和睽隔不再具有陌生感。最后，我想引用刘西鸿本人所戏译的一首法国老歌，来纪念我们的友谊，并结束这篇序言：

都会木有了的（Il n'y a plus d’après ）

现在你住去了巴黎的另一头
你想改变年龄　就送给自己一个旅程
来巴黎圣日耳曼区　向我问个好

可是圣日耳曼已经变样了

你说　都变了
奶啡都不是从前味道了
你、我　都成圣日耳曼的陌生人了
今天、眼前这个
明天不会有了　下午就不会有了
唯独眼前拥有
下次再相遇　你不是那个你　我不是那个我
那个“从前”　不再有了

以后就什么都木有了
唯独眼前拥有　明天不会有了　下午就不会有了
眼前的那个你　眼前的那个我
日常的生　日常的活

小巷角　永恒步

就渐渐醒悟

夜幕依然降临

就是都要结束啦

这就是圣日耳曼的　不朽啊

以后就什么都木有了

再相遇

你不是你　我不是我

那个“从前”不再有了……

2018 年 1 月 9 日

北京

马赛老街，这片街区的建筑超过三百年历史。

目录

Contents

作者 2013 年在马赛，背景是著名的伊夫城堡岛，也是大仲马《基督山恩仇记》的基督山伯爵岛实景。

毫无用处的意义

要过元旦了，这天我去看望一位老人家。告辞时，老太太送我到门口，又送到我汽车前，她很诚恳地说，来回要开几小时呢，没时间你就不要常来了。我实话跟她说："我很乐意来，你看我，平时很少有机会坐得下来一小时以上。我已经很久没去听一场音乐会了，就是开车这几个小时，我听了两个钟头的古典音乐呢。要不是来看您，我哪有工夫坐下来听电台音乐啊。"

这是事实。这不，关上车门上路，我就扭开收音机，这次我换了法国文化台，这时我听到电台里丹齐格（Charles Dantzig 1961-）在场，他在讲他刚出的新书《论手势》（*Traité des gestes* Grasset 出版社 2017 年首版）。

丹齐格这个人，无比热爱读书，大家都知道这个人是一条“资深书虫”。什么意思呢，世界上有很多书虫，但到达“资深书虫”这一格，我觉得应该就是个哲学家的标准吧。当然，首先，成为“哲学家”不是我们每个普通人的人生目标，那是有很大难度的，我们做个普通人就满足了。我们普通人，坐在车上，听电台里的哲学家侃大山、吹水，就满足了。

何况法国人讲到“哲学 philosophie”这个词时，经常只是指个人的生活态度、生活方式而已，并不一定关联理性、心灵、价值等理论概念的研究。我这里说“丹齐格的哲学”就是这个意思。

丹齐格从小到大读了很多书、很多书。这种人我见过，他们抓到一本书入了迷就可以不分昼夜，连续读，读完为止，他们无视身边人的存在，叫他吃饭等于找他麻烦。丹齐格还边读书边写书，这种人我也认识一些，当中有几个真像丹齐格早年那样——写的诗歌小说没什么人能全看得懂，都比较深涩、比较“书虫”。不过，最近十几年丹齐格写的书有了很大的变化，自从那本《为什么读书》的散文集出版（已被翻译成中文），我们看到他换了一种幽默活泼的浅谈风格，出版后马上成为法国书市的热门。现在法国中国，丹粉已经很多。

比如丹齐格这样写道：一个被领养的非洲孩子，在外面遭小朋友叫他小黑，回到家里向白人父母抱怨，父母是理解的，因为他皮肤的颜色明显就比较黑；一个小犹太人被街坊邻舍笑他吝啬，回家向父母抱怨，原因父母也是心知肚明的；但一个有同性恋倾向的孩子"被人白眼"了，他回家是绝不敢向父母哭诉的——因为父母是绝不会理解的。

他还说道：自从有了"恐怖袭击"这件事之后，"恐怖袭击"慢慢变成一种"元素"，浸透在我们生活的细节中，浸透在我们现实的和想象的世界里，变成一种 Fait divers（社会新闻题目）。它的浸透表现在：我们的文学、我们的电影、我们的绘画……各种形式的艺术表现上都被浸透进去了。这不是一件好事，这是 Fait divers。Fait divers 是一种"小政治"，不是"大政治"，搞"小政治"不是一件好事。

今天在收音机里，丹齐格用他和蔼的嗓音，解释他的新书《论手势》："手势"这回事，你们看，人的各种手势，都是有原因、有出处的……比如，很多“手势”都已经消失了，很多“手势”正慢慢消失。这时他举了16世纪、19世纪的一些“手势”的例子，解释了那些我们以为是国王的手势，原来只是腰疼老伯伯的手势。然后，丹齐格说：你看那些老人们，他们和我们说话时是没有手势的，因为配偶离世了，他们习惯了一个人的生活。一个独身生活长久了的人，慢慢地，慢慢地，他们就没有手势了，他们丧失了手势，他们不需要手势了……

他讲到这里，电台里几个记者的提问都停顿下来，电台外的我，格外忧伤，我刚刚就像从一个已经慢慢不用手势说话的老人那儿回来一样。

丹齐格2005年出版了一部《法国文学利己词典》（*Dictionnaire égoïste de la littérature française*），这部作品让他获得了不少奖项和赞美。泰晤士报称他“有孩童般的顽皮和激进，很有见解，是个优雅的作家”。2009年，Grasset出版社出版了他的《无所不包又空无一物任性的百科全书》（*Encyclopédie capricieuse du tout et du rien*），这本书咱们可以摆在饭桌上，饭前饭后一条条地读词条，很好玩。

法国南部小城嘎西（Cassis）海边的一个停车场。

丹齐格在《为什么读书》里就讲了不少“读书的理由”：“在功利主义的世界里，阅读能维系超脱，而超脱，有利于思考。读书毫无用处，正因为这个，读书才是一件大事。”这里前两句话和后两句话似乎没有关联，有人发丹齐格牢骚，说他够钻牛角尖的，丹齐格有种“毫无用处的意义”（这句话也是丹齐格自己说过的）。不过今天在车里的收音机里，听他讲手势消失的时刻，听他这样解释咱们的人生通途，连我这样半条书虫也称不上的，都陡然增加了一点看人世的勇气。

28/12/2017

让高墙倒下吧

最近我清理出几箱东西，准备送给普罗旺斯一个社区图书馆，临搬走时发觉太沉。今年家里的主要劳动力都到国外去了，扛重活的人手不够。我就给一个小朋友打电话，他说：没问题，我让文生来帮你。文生到楼下按门铃，我下去一看，是个黑人小伙子。我们很快就把箱子弄上车开走了。法国的黑人多数来自塞内加尔、象牙海岸等前殖民地。路上和文生聊天，我问他从哪里来的，文生说：卢旺达。我心里咯噔了一下，还是没忍住，又问：父母还在卢旺达吗？文生说：我父母在卢旺达死了。我一时心里十分难受，也猜到了文生的年龄：

你二十五岁吧？文生说：是的，我刚过二十五岁。

文生是我在法国认识的第二个“卢旺达大屠杀”后的幸存孤儿。有一年我的小女儿去布鲁塞尔做交换生，被一个“只有一个独生子”的比利时家庭接待了两周。新学期开学后，他要来法国学校交换两周，轮到我要接待比利时的“独生子”了。从布鲁塞尔经巴黎转火车本来很方便，但“独生子”毛里斯的父母一定要亲自开车送仔。一家人这天从布鲁塞尔开车来，因为一路都堵车，比预计时间迟了两个多小时到达。那晚我专门做了五六个广东菜，大家都等到肚子瘪了，菜凉了，天黑了，才听到敲门声，毛里斯金发蓝眼睛的父母扛着好多行李站在门口。我一看后面跟着个可爱的胖墩墩的小黑孩，想起女儿说：毛里斯在家什么活儿也不用干，看他父母把这个独生儿子宠成什么样。我才把被父母溺爱的比利时独生子和眼前的非洲小孩联系起来。毛里斯的妈妈吃饭时告诉我，毛里斯是个卢旺达孤儿，亲生父母在1994年“卢旺达种族灭绝”中被屠杀了。

小毛里斯好奇、好动，法语有比利时口音，除此之外和法国小孩子没两样，特别喜欢吃意大利番茄酱面条，天天吃都不厌，所以那两周很容易搞掂。今天看到文生，我就想起毛里斯，听说他大学刚毕业，现在从布鲁塞尔每天搭地铁去舒曼广场的欧盟大厦上班，不知道他做哪方面的服务咨询，哪方面的调查分析。

今天的文生高大精瘦、比较安静、不多说话。我没忍住，跟他问在卢旺达的叔婶姑爹的现况和卢旺达的现况，文生都不积极回应。我又问现在卢旺达总统提倡严禁使用塑胶袋的环保规定，文生也没太有兴趣。文生现在是个学生，在法国学烹饪，专业是烘焙“法式甜品”，是 CAP 认证的甜点师，正在实习阶段。文生的理想是将来能在城堡、邮轮、五星餐馆的“高级厨艺”中受聘。

我准备送出的箱子里有一本书，是 2008 年出版的李家同的《让高墙倒下吧》。李教授在书中写了一件往事：他去印度请德兰修女到大学演讲，在印度旅行的三天时间里，修女本人只花了几分钟见李教授，接受了大学捐赠的一张慈善支票。剩下的几天时间，李教授加入德兰修女名下的“死亡之家”做义工，在一座大修道院里给垂死的残疾人、病人、老人喂食、洗澡、抬尸。李教授当年已经五十七岁了。这本《让高墙倒下吧》当年出版后很震撼读者，还因为里面收集了一篇《我只有八岁》，这篇短文中第一句：“我是卢旺达的一个小孩，我只有八岁——”。我们很多读者当年仅是从这句话开始，有意识地去关心卢旺达“趴在”地下的儿童，有意识地去了解 1994 年的卢旺达内战——那场残酷的种族之灾。

胡图族、图西族、内战——现在对卢旺达人民、对非洲人民、对世界人民来说，都是冰点话题。“卢旺达大屠杀”已经永远成为梗心的壕沟，是心灵无法回顾和翻越的人道灾难。

“让高墙倒下吧，只要高墙倒下，我们就可以有一颗宽广的心。”

我也没跟文生提这本书，也没多解释什么。我们把书本都放整齐，合力把书都搬下车，送入图书馆。

28/10/2017

马赛市老街区一座被半拆除的居民楼外墙被涂鸦了。

向一百岁致个礼

今天，法国有个一百岁的人去世了。现在活得超过一百岁的人不少，不过今天这个，她的一百岁是一出经典戏，法国女人的经典，法国电影的经典。因为她的名字叫 D.D。一个人能够以自己名字的字母缩写做称谓，得要有很大的“个人魅力”，比如 JFK——肯尼迪总统，比如 B.B——明星碧姬·芭铎。

丹妮尔·达利约（Danielle Darrieux1917-2017）被人以 D.D 称呼的年龄，比肯尼迪和碧姬·芭铎都小很多。现在我桌子上有一盘《八美图》音碟。《八美图》这部电影拍摄于 2002 年，当时媒体夸张地形容，八个

"楚浮时代的妻子、情人、师妹、钢粉"——老中青幼四代法国明星全数出场，D.D 当然就在里面，那时她已经八十五岁。《八美图》奶奶部分的歌全程用她的原唱。《八美图》还不是她最后的作品，2010 年，D.D 又演了一部喜剧电影《千层蛋糕》（*Pièce montée*），电影里，她在年轻人的婚礼上满场跑，那年她九十三岁。

最早看到 Danielle Darrieux 这个名字，是好多年前我读《夏志清夏济安书信集》这本书的时候。夏志清、夏济安早年离国，夏济安是白先勇、欧阳子、陈若曦、叶维廉等人的文学启蒙老师。这两兄弟一辈子在美国潜心研书评文，醉心于西欧古典文学，阅人有术，尤其阅女人有术。这部书信集有一部分就是两兄弟谈女人。那个时代做学问的男人，原来可以在谈恋爱上这么花心血、这么花时间——一封情书可以写七千字！夏济安比夏志清年长五岁，1948 年 4 月 26 日他写给弟弟的信中，开头称一声"志清弟"，然后就开始交流品评一个"上等（气质）的女人"，语气还特别接地气。那时夏济安三十二岁，夏志清二十七岁。夏济安还建议夏志清去追求童芷苓。童芷苓正在上海拍电影，她"身材高大，说话风趣，性情随和，聪明绝顶"，但是"对人生已经有点厌倦，很怕老，每天打荷尔蒙针”。童芷苓还问夏济安“打针是否能使人不老？听说有些法国女人宁可不吃饭，针不可以不打”。老实说，读到这一页，我感到非常莫名其妙。我是看电影《傲蕾·一兰》长大的，傲蕾·一兰有个失明的妈妈叫安达金，身材非常魁梧，高大得不是一般女人的尺寸。她气质优异，嗓音婉珩，实在不像一个六十岁的老妇——她就是童芷苓。夏济安指的正是这个童芷苓。那时二十六岁的童芷苓的房间“只挂两张 Danielle Darrieux 演《巴黎尤物》的剧照，墙上没有别的明星照”！

用“巴黎尤物”这个词来形容 D.D，可能最合适。今晚依照惯例，法国几个电视台各放一场 D.D 的老电影，向其致礼。我选择了一部，是 1953 年的黑白电影《*Madame de*》（伯爵夫人的耳环），导演是大名鼎鼎的德裔法国籍人欧弗斯（Max Ophuls）。欧弗斯被我们教科书誉为“20 世纪不容忽视的作家导演”，他擅长拍摄文学作品改编过来的故事，和那些面对女人时，必须冷静、必须思考的男人们的故事。比如，他导演了茨威格的《一个陌生女人的来信》。今晚这部，D.D 演的伯爵夫人花钱无度，把丈夫送的耳环卖掉，却跟丈夫谎称耳环丢失。寄售店老板不敢造次，悄悄把耳环送还给伯爵，伯爵转送给情人，而伯爵的情人跑去土耳其赌博输光钱，将耳环抵押。这对耳环最后被一个意大利外交官购得，后来，他成了伯爵夫人的情人，耳环最后回到伯爵夫人手里。她只得一次说谎，永远说谎，把耳环塞进舞会用的真丝手套里，在丈夫面前倒出，表演惊奇状："亲爱的，耳环原来掉在这里了！"不花心思就把一个谎话包装完美——想想那个可怜的丈夫，他是知情的！

D.D 演过无数这种情节复杂、故事离奇的寄生虫一般、备受怜爱的资产阶级女人的人生故事。电影中的她们日思夜虑的，是 19 世纪之前，娇滴滴的细腻和流畅的生活，现实中的她们也一定是炸飞我们平庸想象的、内心复杂的欧洲经典女人。

今晚我花了那么多时间，和法国人一起回顾 D.D，回顾韦尔·莫兰（《伯爵夫人的耳环》原小说作者）、回顾欧弗斯、夏志清、夏济安和童芷苓，有点不合时宜。我们已经来到一个不怎么敢把女人当作珍宝来欣赏的时代了。这种情况是好是歹，实在只在于女人，在于她们自己怎么看自己。不想那么多了，毕竟，D.D 的年代，已经超过一百岁了。

22/10/2017

孤独地诉说幸福

上周我又因家事来到瑞士中部的小城——自由堡（Fribourg）。自由堡是座很小的城市，四周环山。这么安静的小地方，晚上得要找个地方消遣。下午我就想，今晚去看场戏吧。正好碰上这几天是自由堡本城的艺术节，今晚剧场上演的是自由堡人自己演的《*Novecento: Pianiste*》，上网一查，票很紧张，我就马上预订了四个座位。

1998 年，意大利导演托纳多雷找了个英国演员蒂姆·罗斯（Tim Roth）演了一部英语电影《*The Legend of 1900*》(海上钢琴师)。这是托纳多雷拍的第一部英文片，演员蒂姆・罗斯本身就是个出色的英国电影导演。该电影故事改编自“意大利最受读者爱戴的小说家”阿力山卓・巴利科（Baricco）的“剧场文本”《1900：独白》。

意大利作家巴利科、意大利导演托纳多雷、英国演员罗斯，这几个人年岁相近，都在1956年至1961年之间出生。1994年巴利科写成《1900：独白》时三十六岁；1998年四十岁的托纳多雷将它改拍成电影，由三十七岁的罗斯出演；三个人都会弹钢琴，也都很懂音乐。这样，由这几个中年男人弄出来的这部“超级寓言”故事，第二年就获得第四十三届意大利电影金像奖的三项提名，六项奖项；1999年欧洲电影奖最佳摄影；2000年美国电影金球奖最佳配乐；到2014年，还继续被北京国际电影节的外国电影单元提名。

所以在自由堡我看到当晚的剧目是《*Novecento : Pianiste*》时，自然十分兴奋。我知道当年很多人看过这部电影后都伤心了，很多人都哭了，很多人心中虽有千言万语，却无从细诉——因为它首先让人悲伤，继而让人深感孤独。因为在我们内心，深藏着一个很固执的隐秘归属，平时麻木着，这下被故事点燃爆发了。

托纳多雷的电影故事是这样的：1900 年，在大邮轮“维吉尼亚号”工作的炉火工丹尼发现邮轮大厅的钢琴上有个弃婴，他就收养了，视为亲生。那天是 1900 年的元旦，丹尼将他取名为“1900”（意大利语为 Novecento）。孩子在船上渐渐长大，船是他唯一的家，直到有一天丹尼因工作意外身亡，1900 再次成为孤儿。一天深夜，船上乘客被钢琴声吵醒，发现美妙的旋律出自神童 1900 之手，自此之后，船长把钢琴神童留在邮轮上，后来，他成为了海上钢琴师。

自此之后，1900 的一生，都没有走下过这条船。

邮轮上的小号手、音乐家、老板、美女、各色乘客来来往往，无数的劝说、诱惑均以被 1900 的拒绝告终——天才钢琴家“不羡慕陆地的生活”。

就连“爱情”！爱情把他带到引桥和陆地之间了，他在引桥上走了一半，还是更改心愿，转身返回船上。

他坦言：自己无法面对“脚踏实地”的无限的选择！

最后，“维吉尼亚号”因年久失修，即将被炸毁，1900 依然拒绝他人劝说，坚持留在船上，选择置身于爆炸中心，随船葬身大海。

无论在世界哪个角落，我们每个人一出生，都要被安排接受喂养、接受教育、被贴上身份，然后固定在运行的轨道中。工作、结婚、供房子、买车、生儿育女，直到死去……作为一个人，你必须接受一个已经设计好的世界，你必须放弃个性，你得和你周围的人同步同款做事。放弃差别、求取认同这两样，是你做人的全部。

1900 的幸福，是俗人、凡人、普通人……我们大多数人无法理解的幸福，因为那是孤独的幸福。

今晚是巴利科的舞台剧原版，演员不到三十岁，在一个半小时的独角戏中，1900——海上钢琴师诉说自己的一生，他那种孤独的幸福。观众席是一排排 L 型硬邦邦的塑胶椅，坐着五百个年轻人。

终场时，全场都起立鼓掌了，有点欢呼雷动的阵势，演员要出来谢幕四次。

自由堡市注册有五万居民，因为城中有一所大学，居民中就有两万五千名大学生。演出前我在前台看到这群年轻人结伴饮大杯的啤酒，此地畅销一种有很香蜜糖味、不含酒精的黑麦啤。此时，在对 1900 的欢呼中，我和这些瑞士人一起举起双手，这时，我们有种真实的、共同的梦境，我们是会尊敬对方内心的，无论孤独的幸福，或是幸福的孤独。

这个片刻我确实相信，幸福一定是属于人的，是属于那些内心丰盈之人的。

17/10/2017

冬天地中海海水的颜色。

我的品牌包包

每次有人问到我购买欧洲旅行保险的细节时，我都是一问三不知。其实我自己也很想弄清楚那些复杂的保险套路——我猜想它们应该是很复杂的，世界上的保险集团都是铁打的营盘，保险公司大厦里坐满一群擅长精明算计的家伙，算计着复杂到我不可能全部懂得的内容。

这里我讲几个故事。

法国有一种保险，叫“社会责任险”（Responsabilité civile），是每个“社会人”都必须购买的，即是你有个身份证就必须上的这个保险。“责任险”一般包含在每个人的住房保险上，比如你买或租房子住，每年必须缴付“居住保险”，这是一件不容忽视的事。保险跟人走，换下一个房子时，向保险公司打招呼换个地址就可以了。屋主的“居住保险”涵盖了全家人，它不仅为房屋管道漏水漏电造成的损失担保，不仅为无法估计的入室偷盗、地震火灾等等可能性的损失担保，它还包含了一项“社会责任险”。简单地说，如果一个学生（包括外国留学生）在学校实验室无意中损坏了贵重仪器，或在商场失手撞翻了名贵物品货架，这种情况下“社会责任险”就生效了，保险公司会为购买它的客人偿还第三者的全部损失。比如，上两个月发生在我家的事：家里来的客人驾车外出，回来入车库时为示礼貌，她主动把我的行李袋先提出，搁在车库门口，就倒车入库，很糟糕的是，车轮碰到了地上的包包。我打开一看，新的苹果电脑被碾碎了一角屏幕。这个晚上她填写了她本人的“社会责任险”，单子寄出，三周后我收到了经苹果中心估价，由她的保险公司支付的赔偿款。

我的小闺蜜冬妹，在法国培训结束后和从广东来的亮哥夫妻俩去意大利度假。到罗马玩了、吃了，晚上亮哥突发肚子痛，熬到清晨，决定去医院时腰都站不直了。他被罗马的医院确诊为急性阑尾炎，到下午决定手术，仅让家属冬妹在英文“阑尾炎同意手术”的单子上签个字就推进手术室了。当时，“一——句——都，没问，也没问任何身份证件、没问任何保险卡”。手术第二天，医院的人来病房看了看亮哥的签证，确认是申根也没说啥。住院一周，加后来拆线，一分钱都没收，还包了医院伙食，中间有神父来送祝福，挺温暖挺温暖……“你看过《罗马假日》吗？电影一开头有个教堂，亮哥的医院就在教堂旁边！”他们带着肚皮上意大利医生拆了一半的线回到巴黎，让巴黎医生给拆干净了，然后看了保险卡，收了点钱。亮哥现在肚皮上刀口的疤“叶子有点大”“裙边有点宽”，不过都带着意大利医生和意大利神父温柔安抚的回忆，意义有点特别。

在医院吃了一周饭，钱都不用付，冬妹你是不是没听懂意大利语？什么保险福利好成这样我不可置信。去年我自己在深圳，身体出现状况，连续两晚半夜被心脏麻痹弄醒，第二天必须应约从罗湖搭火车赶去香港，一路恍惚，步步昏眩，到达时跌在沙发上起不来。知道过两天我还要飞几个航班，朋友提醒，晓以大义，让我立即去医院做个心电图，还跟我说，心电图什么医院都可以做，很简单很便宜。正逢周日，我怀揣两张欧洲保险卡，没细想就打的士就近去了港岛半山的港安医院，想只拍个心电图就走。现在回想起来，真是的，我没先做一个规定动作：打电话给我的保险公司。我瘫坐在走廊的推椅上等医生时，收费处的姑娘过来，要审我的护照、保险卡，然后叫我掏出信用卡，当着我面刷了个三万港元的担保。虽然满心疑惑，但我怕自己死在异国他乡的街边，让家人半夜收到国外领尸的电话，心寒寒地都依照姑娘吩咐的做了，然后被遣去照心电图，然后被告知要留院观察。第二天早上医生来病房，说我心脏暂未见大问题，不过最好造个影，被我当场拒绝，坚决要求出院，获允许。我下楼去结账，姑娘打出一叠各种颜色、尺寸不同的收据，安慰我保险公司定会退还。然后又问我要信用卡，刷了刷，说：Miss，给您退还一千港币啦。

我带着港安医院一叠五颜六色的收据回到法国，以挂号信把单子们寄往我的私立医疗保险和国家社会保险两个部门。两个月后，我的账号上收到国家“社会保险”报销的五百欧元（合四千六百港元——以同样病情法国医院住院一晚的费用标准）。私立医疗保险一分钱没给报，他们在电话上耐心地教育我：您去错医院了，我们的定点医院是玛丽医院不是港安医院！

好吧。

在港安医院的那个晚上，傍晚入病房时姑娘带给我一样礼品，一只新疆哈密瓜大小的洗刷包，杏皮色，面上镶有银饰“港安医院健康包”的字样。

这只包包我带回来法国了。现在我出差、放假、旅行都带上它，它滚动着一种活泼的幽默感，九分善意，一分讽刺，对我来说，比各种法国名牌包包更有看头。这只包包里装满简单的道理：无论你买了啥保险，你人生能遇得上一场险，叫侥幸；没遇上险，叫庆幸；只是“万幸”的事，不会次次都被你碰到的。

21/09/2017

都会木有了的

我有个大伯，年纪不大，却很不正常地不喜欢社交、身份服务、微博等等。凡是用网络做信息沟通的平台，他都认为玩这些东西的不是个正经人。他的理由是，既然可以在网上随时得到亲友的消息，那过年饭还搞不搞了？节日见面还要不要了？见面还有什么新鲜故事了？聚会还有什么必要了？大伯是不会加入微信群的。这次见面，他竟掏出一张打印纸给大伙看，读读上面的东西，好搞笑：

您好，

我没有“脸书”那个玩意儿，我试试用另一个方式，做“脸书”上可以做的那些事：

每天我走到街上，拦住行人，跟他们解释，啥时候我吃了什么，我把感觉告诉他们，我告诉他们昨晚我做了些什么，我正在做什么，我明天打算做什么。

我给他们看：我老婆的照片、我家汪汪的照片、我小孩的照片、我洗车时的照片，我老婆缝裤子的照片也给他们看。

我也凑过去，听人家在路边聊天，听完我就竖起大拇指，向他们表示：我喜欢耶！

此法果然行得通。马上就有四个人盯上我了：两个警察，一个精神分析医生，一个心理分析医生……

我们笑完之后，个别有想嘲笑一下大伯的，可大伯是不怕的。

这几天我自己就在微信上加了两个陌生人。是这样的，一个年纪大一点的大伯，最近他跟我说，现在在巴黎，哪怕你正在卢浮宫逛名画廊时，忽然饿了，馋得想立即吃手擀面、红烧肉，过十几分钟就可以得到满足。他给我看了他订餐的现场照片。现在只需要添加某个“网上订购，实地送餐”的微信名片，你的手机就会收到他们当天的菜谱。你按单点菜，告知地铁站名，过几分钟去地铁站接头，交钱收货，拿到热乎乎的饭。还可以微信支付，尖椒擀豆腐、酱爆海兔、秋葵炒肉、韭菜盒子，任点。于是我就加了一个叫“豆花儿”的餐饮微信名片。可是，自从加她之后，我的生活就改变了。现在每天我只要打开手机，必遭豆花儿朋友圈狂轰滥炸，本来我每天只吃一顿正经饭，可我收到两顿饭的菜单特供。每顿开饭前一个小时，豆花儿给我发她的百变菜单。晚上睡觉前，豆花儿给我发别的商品购物单：新款花鞋子、俏帽子、衣裙裤、皮带、手表、止咳药、痔疮膏、女用香梨面脂、小儿退热栓塞——全部都是法国品牌货，还有她三岁儿子每晚在卢森堡公园学单车进步的照片。

从前不是这样的啊，从前开餐厅，老板要贷款租地，光有一个厨房是不够的。豆花儿你有营业执照吗，你卫生有监督吗，你的增值税单呢？你还让人家不买你饭菜的食客，看你儿子学踩单车样子的私照啊。从前的世界不是这样的。

法国有一首香颂，歌名叫《*Il n'y a plus d'après*》，我第一次听的是朱丽叶·格雷科（Juliette Gréco 1927- ）版，

格雷科一贯什么歌都唱得很性感，是以歌喉性感闻名的，这一曲她唱得却很是落寞。后来我又听过盖・贝亚特（Guy Béart 1930-2015）和伊夫・蒙当（Yves Montand 1921-1991）版，版版唱，声声诉，都摆不脱教你宜于彻底释放的伤怀。这是首很老的法国歌了，1960年盖・贝亚特写的词曲，那是酷得很的贝亚特作为“人生大礼”，送给性感得很的格雷科的！现在我戏译歌词大意：

都会木有了的

现在你住去了巴黎的另一头
你想改变年龄　就送给自己一个旅程
来巴黎圣日耳曼区　向我问个好

可是圣日耳曼已经变样了

你说　都变了
奶啡都不是从前味道了
你、我　都成圣日耳曼的陌生人了
今天、眼前这个

明天不会有了　下午就不会有了

唯独眼前拥有

下次再相遇　你不是那个你　我不是那个我

那个“从前”　不再有了

以后就什么都木有了

唯独眼前拥有　明天不会有了　下午就不会有了

眼前的那个你　眼前的那个我

日常的生　日常的活

小巷角　永恒步

就渐渐醒悟

夜幕依然降临

就是都要结束了

这就是圣日耳曼的　不朽啊

以后就什么都木有了

再相遇

你不是你　我不是我

那个“从前”不再有了……

27/08/2017

丹麦人安娜

有一年夏天来了个丹麦人，在我家住了一个星期。本来我们并不相识。我有个男发小，很多很多年前在巴黎做单身狗时，贷款买了一套公寓。单身狗每天下班宅在自己的新公寓里，很有成就感地对着几个窗口吹口哨自我欣赏，设想怎么继续把它发展成巴黎品味的居所。巴黎这些区古公寓楼的风格，内院有点像我们广东乡下祖屋狭小整齐的天井，所有窗户朝内都对着内院对面同一楼层的邻居，发小这面窗口对着的户层住了两个年轻的丹麦女生。每次大家都打开窗门时自然就搭上话了，以后每天定时隔院隔空逗趣，做了朋友，交往起来。直到我发小离开巴黎搬去了国外，直到丹麦女学生返回丹麦。

这次发小打电话问我，你家那小卧房可不可以借住一周？是这样的，我在巴黎做单身狗时，公寓对面窗的那丹麦女生……

就这样，我就被遣去机场接安娜了。安娜就是很多年前的那个丹麦女生，现还在哥本哈根大学继续读什么人类学社会学博士后，来法国参加“普罗旺斯—蔚蓝海岸大学区”学术活动。学校发了点经费，却不安排住宿。

安娜节奏有点慢吞吞的，虽然年龄和我有点差距，但聊起当年发小、巴黎、单身狗、海明威说的“又穷又年轻的”青春生活时，大家感觉融洽——学生狗们的轨迹都是相似的。安娜看着今天我给她借住的学生宿舍式的单间，躺上床脚一伸就踢得到门框，她眉头不皱，慢吞吞地还说感谢。

我们并不住在同一楼层，这一周没见几次面。一天，安娜给我打电话，慢吞吞地问我有没有第二把钥匙，可否进她房间取个电脑U盘，送去马赛医学院的梯形课室。轮到她发言了，才发觉今天忘了带U盘。这件事我当然立马就做了，现在还记得开门进她小房间找U盘时，看到乱得像被巨人的脚踩踏一遭的床上的被子和地下的衣服，还记得怕耽误她发言，我慌不择路闯入医学院梯形教室，看见安娜正在慢吞吞地无稿发言……

那年冬天我去了瑞典探亲，之后租了部车开去了哥本哈根玩。在哥本哈根市中心订了一个不设总台、没有服务员的无人管理的酒店，凭密码入临街大门、走廊中门和房间小门。夜里在走廊相遇一帮晚归的北欧人，魁梧、沉默、一身酒气，有礼无声，动作都慢吞吞的。这时我想起了安娜，给她发了封邮件，第二天，安娜就请我们去她家里，吃了一顿她自己搓的牛肉丸。

安娜读博的同时为大学图书馆做半工，已婚，有两个几岁大的孩子，丈夫是个很秀气的电工。安娜一家四口在饭桌上坐得正规，像开会似的，饭吃得非常有礼貌，两个孩子吃完就静悄悄地亲吻父母，独自入房睡觉。这晚，在这样到处都显得彬彬有礼的国度，我们这拨中国人、法国人，感觉自己像瞎闯进斋堂的野生动物。

饭后饮茶，安娜像所有主人一样，和作为客人的我们闲聊，还顺便介绍他们大学的一些教学视频。视频中看到有个游戏：一大群人被领上舞台，主持人拿着一张纸，纸上列有十几项条件。主持人要求群众们逐条念出那些条件，各人按照符合自己的实情，归类站队。比如，当主持人说，二十九岁以下的一边，五十岁以上的一边，其他的另一边，人们开始按年龄组群。主持人念，爱剧烈运动的一边，厌恶运动的一边，无所谓的一边，这几拨人开始走动，调换位置，群组发生变化，身上有刺青的一边，没有的另一边，幼儿园时被小伙伴打过的一边，打过小伙伴的另一边。这些人听着，自动换位置。学霸一边，学渣一边，学民一边，同性恋一边，异性恋的一边，属其他的一边……就这样，各人按符合自己的真实情况，不断地换位、不断地站着不同的队，“队友们”随着条件变化而变化，刚刚上一个条件时还站在自己对立面的那个，下一个条件时就走了过来，成为自己的队友了。这游戏我还没看到结尾，就想猛拍自己几巴掌：我们为什么无中生有对别人怀疑呢？我们还有什么理由对街边一个陌生人侧目呢？哪怕他面目凶猛、哪怕他穿戴异样、哪怕他满身刺青，他必然在某处、在某时和我有过某种交叠。

还记得这晚，安娜把我们送到街口，天很冷，她戴着一顶北国才见得到的、乌云一样的貂皮毛帽。

都是好多年前的事了，今天因为一件事，想起丹麦，捏笔一记，必须一记。

25/08/2017

我没看到，但英国人看到的亮点

今天准备搭飞机，一早起床先刷手机看新闻，翻了几个网页，没停顿，在 BBC 页面看到有几条消息，打开看了三条。第一条：墨西哥某城有个街区，这片区的居民分为两边居住，两边的居民长期闹不和，久而久之成了对立的两派，很不和谐。有人就想了个主意，这个主意两边居民都同意了，就是让他们成立了两个足球队，定时开赛，条件是两队球员比赛时都得穿上统一的黑色球衣、黑色球裤和一模一样的黑鞋袜。这样在球场上，每个人的眼睛都要盯住和自己的“标签”一模一样的对手，分清楚那是谁才带球过人。现在他们已经这样比赛

马赛 Le Prado 大道尽头的大卫雕像。

了好多场了，结果是原本十分对立的两拨居民们，竟然逐步和谐了，有事没事会约对方喝茶饮酒了。第二条消息：最近在英国某地，有位先生想把自己价值一百万英镑的别墅快速出卖，但他没有去房产中介注册，不像正常卖家那样等待买家来讨价还价。他想了个主意，通过鉴证部门发行了五十万张单价两英镑的彩票，像六合彩那样出售。彩票售罄之日，抽签开奖，结果是一普通大妈中奖，这样她只花了两英镑"购得"这栋一百万的别墅，结局皆大欢喜。第三条：有英国人做了一个实验，把一些相貌没有明显特征的小婴孩们，男的换上女裙，女的换上男衣，交由陌生人短时间照顾。在这段时间里，观察不知情的"人"的反应。结果看到的情景是，受命看管孩子的陌生大人，只要是看到穿男孩衣服的，他就往孩子那儿扔枪支、堆机器、放汽车；看到穿裙子的孩子，就往那儿放布娃娃、放小气球、放毛茸玩具……哪怕小孩子哭着拒绝，把布娃娃扔掉，大人都是一脸嫌烦：你一女娃，为什么不玩布娃娃呢！做实验的英国人强调，这个实验针对的对象不是孩子，而是针对那些总是自视正确的成年人。

看到这些东西，我觉得英国的记者们，真是专业、真是用功、真是尽心。他们对自己职业之负责，每天争取在黎明前，为我们这些“世上无新事，搜搜刮新鲜”的读者搜罗哪怕一点点积极、阳光的小事件，将之发布，让无聊的我们，每天心情都好一点，抖擞精神起床，迎接复杂的世界。

然后我就到达了戴高乐机场。这次航班不转机，不需要像前几次那样连滚带撞地赶时间穿厅过堂。我散荡慢逛，东张西望，来到一个人流穿梭的地方。这时我看到墙上钉着几张橄榄核状的牌子，类似“温馨提示”的那种，用法、英、中三种文字打印张贴着。一眼看到，感觉的确很萌，因为中文用的是微信朋友圈的口气——“这里是尤安，电力调度员，我的工作是在机场照亮您脚下的路”；“这里是史提芬，综合指挥岗位协调员，我的工作是洗耳恭听、迅速行动”。

“tendre l'oreille et réagir”，翻译成英文“listen and react ”，但翻成中文，就是“洗耳恭听和迅速行动”了。戴高乐机场的中文服务，真是很让咱中国人受用。

不过这一条呢，看清楚了，它的法文和中文，有点各表各意的感觉：“这里是艾米梁，停车场服务人员，我的工作是像照顾自己的孩子一样照顾您的车”。法文却是："prendre soin de votre voiture comme de celles de mes enfants"（像照顾自己孩子的车一样照顾您的车）。我时间多，就较起真来，我想，这句话原文应该是中文，翻译法语时翻错了吧？如果原文是法文，应该在翻译中文时，把它改了吧？在法国机场，告示原文按理应为法文，那原意就是"我会像照顾自己孩子的车一样照顾您的车"。这就不对了，法国人怎么会连临时代客泊个车，也敢分"自己的车"和"子女的车"而歧视对待呢？

但是英文这一句让人很暖心："My job is to look after your car as if it were my own"（我的工作是把您的车当作我自己的那样来照顾）。

就今天这两件事，我觉得还是英国人够绅士，我没看到的尘世亮点，英国人他都看到了。

24/08/2017

落幕了

7 月 31 号星期一，早上，为珍妮 · 摩露（Jeanne Moreau）家搞卫生的清洁保姆照常上她家时，发现珍妮 · 摩露在公寓里去世了。她 1928 年生，今年八十九岁。现在有点名气的女人随便就被称为“女神”，现在女神特别多，现在的女神既不神秘也不伟大，纸老虎一个。珍妮 · 摩露“不特别漂亮、不特别性感、不特别聪明、不特别真诚”（《*Jules et Jim*》里 Jules 对 Catherine 的评价）。她演员生涯六十四年，20 世纪欧洲几乎所有大导演都和她有过合作，他们留下的是遗世杰作，是电影学院的存档教材。这批导演，他们称珍妮 · 摩露为“最真实的女人”。“最真实的女人”是给珍妮·摩露量身定做的标准皇冠。

珍妮·摩露一辈子都十分“高姿态”。按说她的职业头衔不少：歌唱家、制作商、写稿人等等，但重大身份有两个：演员、谈恋爱的高手。电影她演过一百三十八部，一百三十八那是个什么数字，每年拍三部！还有那么多电视片、舞台话剧。年轻时珍妮·摩露在美国拍过一些电影，不过肯定没有人记得住，让我们记得住的，全部是“新浪潮”以来的法国文学艺术女郎。珍妮·摩露在新浪潮电影中的扮相和口吻——她和男人说话时，有股吊吊的文艺腔，深深地吊他们的胃口；她刘海弯曲，一双慵懒的眼睛隐藏着尖锐的爱情。在2012年《Télé Obs》一个采访中，当回答她“一生的男人”这个问题时，珍妮·摩露这样说：我迷惑过不少男人，但我只选有才的男人，我从不人尽可夫。听得在座的男人两眼放光，说这话的女人已经八十四岁。

的确，珍妮·摩露和法国导演楚浮、路易·马勒有过“伟大的爱情”；和托尼·理查森（英国导演）、乔治·莫斯塔基（法国香颂歌手）、马切罗·马西楚尼（意大利明星）有过“迷人的艳遇”；最长时间共同生活的，是和设计师皮尔·卡丹经历的四年。

我是从《*Jules et Jim*》中认识了那个“难搞的法国女人”卡特琳的，是由珍妮·摩露主演。今晚我打开电视，原本想看一个固定节目，却发现节目因珍妮·摩露去世临时调整了。法国今晚向“女神”致敬，重播1962年楚浮导演的《*Jules et Jim*》，中文翻译是《朱尔与吉姆》。这时我才醒悟，那个Jules和Jim，不就是引得我们文艺老青年发烧了几十年的《祖和占》吗！

有点好笑，现在上网搜索“祖和占”，这三个字已经变成了一个皮包品牌。它已经不是“朱尔和吉姆”了，不是楚浮、不是珍妮·摩露了。在1962年，法国导演楚浮，把一个“本世纪最伟大的三人行”——就是二恋一的故事，拍成一部心理病例片、一部科教片，他十分具体地在精神学层面解释了男人和女人的纠结。

法国女人卡特琳，同时爱上祖和占。祖是奥地利书生作家，细语如风，柔情上心；占是法国浪子，行为生硬，潇洒过头。这两个男人也是同时爱上了卡特琳。卡特琳选择了与祖结婚，他们有了女儿。可是她结婚之后并不快乐，她利用各种琐事折磨和惩罚祖。她还与占调情，并离开祖和女儿六个月。祖怕失去卡特琳，竟要求占和卡特琳结婚，并祝福他们，这样自己能继续探望她、见到她。有一段时间，他们四个人愉快地生活在森林中的大房子里。最后，三角关系发展成卡特琳让占上了她的车，让祖目送他们，自己驾车上了断桥……

人是否真能控制自己的人生？是否对属于自己命运的某些事情能掌握在手？答案是不能的。如果这个女人长得漂亮一点，有才一点，她仅可以“想象一下”这种把控，最终还是“想象”而已。而男人的欢乐、生气、蓬勃、固执、迷茫直至人生之火熄灭，竟然是和女人紧密相连的。女人是男人必然的幸福和必然的灾难。

珍妮·摩露的眼泡总是带有缺少睡眠的肿胀，年轻时就眼袋灰暗了，她还嘴角下垂。我带着全部从《祖和占》留下来的卡特琳印象，给珍妮·摩露贴了一个永久的标签。这本来就是一件不可能的事情啊，做男人的诱惑，成为男人的中心，还是“才华横溢的男人”的中心，去控制他们，让他们扑通跪在石榴裙下，应该是不可能的事啊。可是，在珍妮·摩露的祖和占那里，成为了必然。

《祖和占》就这样成为我们每年一读的百科全书。今晚令人悲伤，悲伤“女人大过天”的那个童话，今晚随珍妮·摩露落幕了。

03/08/2017

对付小偷的境界

今年放暑假前，有人想来法国过假期，问我：法国现在安全点了吗？小偷还那么猛吗？

说一件近事。法国有个非常不一般的爵士乐演奏家雅克·路西耶（Jacques Loussier 1934—），这个人在全球音乐界，特别在爵士乐界有非常大的名气。现在我们要时髦要时尚就讲“跨界创新”这个话题，而路西耶1959年就搞跨界了。路西耶是法国北方人，在昂热出生，十岁才开始学钢琴，十六岁进入巴黎音乐学院。二十五岁那年，作为钢琴手的路西耶和一个低音提琴手、一个爵士鼓手三人搞了一台爵士巴赫（*Trio Play*

Bach）——用爵士乐演弹古典音乐。从此，世界由法国钢琴家路西耶单刀引领，开始了古典音乐跨界爵士乐的创新，一路至今。《爵士巴赫》《爵士四季》《爵士萨蒂》《哥德堡变奏曲》等成为名扬全球的路西耶“独家套路”。路西耶的粉丝们，对他重新创作的“爵士”贝多芬、莫扎特、肖邦、海德尔等无不钟情。

我只听过路西耶的一张唱片——现在可以直接看视频了：《雅克·路西耶爵士钢琴三重奏》（*Jacques Loussier Play Bach*），里面有全套的巴赫协奏小调、协奏曲和组曲，真的是非常神奇、非常舒服、非常沁人心脾、非常地清洗脑细胞！你放上路西耶的古典爵士乐，你无论蜷缩在暮色中的屋角还是吹着夏风的草坪，这个时候，你的耳朵是完全辨认得出那个古典的巴赫——他还活着，但是他变化了。爵士巴赫带着特殊的从容和晴朗，带着精气神走出古典德国的教堂——这就是耀眼而深刻的路西耶的个人印记。

我的香港朋友，她先是从一张日本旧版唱片里发现了法国爵士钢琴家路西耶，只一曲就让她“倾倒跪地”，惊叹“古典音乐竟然如此开出一条天路”！她开始搜罗路西耶的各种专辑，从书店、乐行到网购，从唱片到

CD，就此成为路西耶的海外铁杆粉。今年假期，她飞到巴黎，坐火车南下和我会合，我们一起开车往东，去瓦尔省（Var）的一个小村，我有个大提琴手朋友和她的乐队在那个小村有一场演出，这次的曲目是电影音乐。因为这个小村就在米哈瓦城堡（Château de Miraval）旁边，所以香港朋友就一定要去朝拜一次，哪怕看上一眼也值——米哈瓦城堡现在的主人是好莱坞明星安吉丽娜·朱莉和布拉德·皮特。不过这座城堡在他俩接手前就很有来头：瓦尔省的城堡大多都建于 17 世纪，上世纪路西耶买下了一座周围被三十公顷葡萄田包围住的城堡，他在内搞了间录音棚，此后路西耶的作品专辑都在米哈瓦城堡的录音棚完成制作，这件事在他海内外粉丝心中唠叨惦记。路西耶在 1998 年把米哈瓦城堡卖给了一个美国商人，2011 年，好莱坞明星夫妇皮特和朱莉在长租后终于买了下来，还在这座城堡中举行了婚礼。

我问路西耶的香港粉丝，“当地人说皮特买下城堡后，修了一条五十米长的跑道供自己玩摩托，旧时那个路西耶的录音棚呢？”其时我在开车，她坐在我旁边似乎在打瞌睡，一时答非所问，跟我说：“昨天在巴黎，我从地铁出来感觉被人撸了一下双肩包，转头看见拉链已经打开，有三个穿得很不像话的小屁孩四蹿狂奔。我本能的作出反应，狂奔十多米，拽住了一个，算我狠，扭住他劈头就抽，另外两个乖乖折回来，把掏了的笔盒还给我了！”她说：弄完了我才发现周围人都像见惯见熟似的，波澜不惊，这、这在香港是不可想象的啊！

我们就虚张声势地开了下玩笑，之后沉默了好长一段路。到达米哈瓦城堡附近的小教堂停车场，我那个搞音乐的法国朋友出来迎接，见到他时我有点控制不住，和主题无关地叫嚷起来：香港人在巴黎被抢了！

这法国人第一句就平淡地回应：我半点都不觉得意外。

我们进入教堂，坐定，等待音乐会开始。离路西耶这么近，离音乐、离创新、离文化都很酷的时刻，在这个地盘，对欧洲小贼的一点破坏，可能要作出“半点都不觉得意外”的淡然才算境界吧。

25/07/2017

读书的新款式

我有几本打算要“用一辈子”读的书，它们不容易读得明白，我以每天坚持读三页的速度蜗牛般地前行。说得这么严肃引人发笑了，我的想法是，怪趣易懂、一看就爆笑的图文影视现在满目皆是，以之填充时日太容易。太容易做得到的事一般不会有大的价值，不会有大的意义。而去读懂一本不容易读懂的书，初翻几页就想扔的书，只要逆流而上，坚持读第二遍，就会读懂百分之二十，再读第三遍，就会弄懂百分之六十。这就成了。第一次读不懂不要立即放弃它，收获会是六十，否则是一个零。

这种书随着年纪、趣味地变化，我读完了几本，有点挑战自己的意思。现在摆在我床头的两本，是《追忆似水年华》和《长夜行》。

有两个法国作家一定被学文学的人津津乐道，一个是普鲁斯特（Marcel Proust），一个是塞利纳（Louis-Ferdinand Céline）。这两个人都出生在19世纪末，活跃在20世纪初。普鲁斯特在1922年去世，享年五十一岁。塞利纳在1961年去世，享年六十七岁。普鲁斯特没有子女也没有结过婚；塞利纳没有子女但结过两次婚，第二个太太现在还活着，有一百零四岁了，在丈夫去世后她独身撑了超过半个世纪。真是有意思，都21世纪了，我们谈普鲁斯特、谈塞利纳，有谈古人、古时代、古典文学的感觉，可是塞利纳的妻子还健在呢。

读法文原版的读者对普鲁斯特和塞利纳绝对能一眼明鉴，因为他们的“风格”如量身定制。中文作家写作中，作品风格能让人“一页明察”的，我们难认出哪几个。普鲁斯特的《追忆似水年华》有七卷五百万字，我从第一部《在斯迈家那边》（*Du côté de chez Swann*）读起，它的第一句是著名的“在很长一段时间里，我都是早早就躺下了”这句话。这句经典的话，来形容我艰难的阅读状况很贴切：在很长一段时间里，我都是早早躺下——读着读着，就睡着了。有人教我读《追忆似水年华》要从第五部开始，说这样比较容易读懂。不过我没听他的，我知道很多法国人都没有耐性，也没有能力读得完普鲁斯特这部七卷巨著。普鲁斯特既然从斯迈家那边写起，我就从斯迈家那边读起吧。

去年我在中国北方一所大学的法语系旁听了一门课，是给法语系三年级学生开的"法文写作"课，授课老师是个外教，一个年轻、沉默的法国人——课外他几乎不搭话。我旁听时已经是学期中间，法国老师正讲到普鲁斯特和塞利纳这两个作家。后来我知道，为期一年的写作课，老师也只讲了这两个作家。

显然他把普鲁斯特和塞利纳划分为 20 世纪最杰出的法国小说家，他也把"写作课"，从形式到内容都按自己的意愿改革了——他不教学生如何"写作"，而是把他自己对普鲁斯特和塞利纳的无限敬意，变化成克制住的激情，偶尔他也扮成喝高了的样子，大喷老师他自己的人生观。每当此时，我就能看到教室里的小同学们见怪不怪的样子，他们都是刚踏入二十岁，只学了三年法文的孩子，情商智商之高，我和他们比弱爆了。

普鲁斯特的父亲是一个名医，却生了普鲁斯特这个终生无药可医的病人。塞利纳的父亲是个平民，而塞利纳自己却成为一个医生。医生、病人的身份本来和这两位作家没有什么特殊联系，但确实和他们后来的成就相映成趣。

普鲁斯特出生在1871年7月，这年发生了什么事？这年发生了巴黎公社起义：1871年3月，巴黎政府被“公社”占领，接着宣布接管法国全境，公社拒绝法国当局的管理并杀了两名将军，最终遭到“血腥一周”的严厉镇压。普鲁斯特他们家当时是被吓坏了的资产阶级，普鲁斯特就是在娘胎里受到惊吓后出生的。

塞利纳的《长夜行》有五百零四页，我手里的是简装本，五百页纸薄书轻。塞利纳出身平民，十岁开始做学徒，十四岁被父母送去德国学德语，十五岁被送到英国学英语，随后当兵、学医、开诊所，去过喀麦隆、德国、瑞士、加拿大、美国、古巴，一路浮沉，漂过大半截人生。

法国老师的写作课在上午第一节，8点差5分学生们才拖拖拉拉、鱼贯而入，有的还吸着豆浆、啃着包子，有的拧个塑胶袋，里面装着稀的稠的都是等课休时享用的早餐。老师也没异议，不多看一眼，开始上课。

《追忆似水年华》成稿于1906年到1922年，是“贵族病人”普鲁斯特对人的各类情感的体悟、对智慧的追求、对社会的观察、对人世间微细且主观的剖析。1913年出版的第一卷，可以说已经写完了一个“完整的人生”，以后七卷，是普鲁斯特对“格式”的扩充，或者说，以后几卷是从收尾处往回写，越写越阔，越写越稠。如果1922年普鲁斯特不死，《追忆似水年华》就会无休止地继续写下去，成为循环创造无数卷的砖头巨著。

普鲁斯特以贵族地位和贵族姿态，给20世纪以前的法兰西做了打包捆绑式的总结：法兰西大帝国垂垂落幕，属于法兰西的大时代归于完结，以普鲁斯特的《追忆似水年华》为终止符号。

1932年，普鲁斯特去世十年后，塞利纳以各种尖锐刻薄的段子、幽默讽刺的流浪体语言，出版了小说《长夜行》。《长夜行》是悲情的。塞利纳明确指出了法兰西悲伤、灰暗、绝望的未来。

简单地说，法兰西以往的奢华壮观，在20世纪初就被普鲁斯特涵盖写尽。法兰西今天的没落，没有一样不是塞利纳20世纪初就预计到的。

“同学们好！”“老师好。”每星期一早上的写作课，师生用法语的问候开始。沉默的老师接着问：“周末你们过得好吗？”然后马上冷笑自答：“不好。一眼就看出你们连续两天没睡觉。普鲁斯特的作业没做吧！”

这时候我看见教室里的小子们噼里啪啦亮出手机猛刷屏，查朋友圈的“作业群”。写作课并不提供这两位作家的长篇巨著，资料来自老师课堂上播放的幻灯片。同学们在大学第三年大都已经在为下一年找实习工作着急了。法兰西大时代的终结、法兰西未来的没落，在座的有几个会真在意呢？丰碑一样的普鲁斯特，发明家一样的塞利纳，可能还要等上好几年。等小子们到了我的年龄，就会自觉地爬上床，躺着慢慢理解了？

17/07/2017

望阿格丽希像云一样飘过

我对大音乐家、大演奏家的工作档期一向很好奇。我们订演奏会入场券，都要一两年前就下单，那些世界著名的演奏家，听他们的演奏会是要提前两年订票的。提前那么多，经纪人怎么保证两年后的某个晚上，大腕们百分百身体无恙如约上台呢？意外缺席的话，怎么填满几千观众的演出厅呢？

一年前我买了这个月 19 号普罗旺斯复活节音乐周的门票，马克·明科夫斯基（Marc Minkowski 1962—）指挥波尔多国立交响乐团，节目单上有拉威尔的《鹅妈妈》、佛瑞大提琴的《挽歌》等，临到演出前一周，我收到大剧院的邮件通知，明科夫斯基的乐团不来了，换成了七十五岁的意大利钢琴家毛利齐奥·波里尼，要退票的可以另外择日。我还在犹豫，又收到大剧院的新邮件：波里尼的车出了事故，他取消日程，也来不了了，该晚节目单，再改为玛塔·阿格丽希（Martha Argerich1941—）的钢琴演奏。

看到新邮件我如头顶上闪过一道带光的春雷，阿格丽希！您不是早就不理我们了吗？您不是从 1980 年代初就消失于大舞台，潜水隐身了吗？您不是向来只有别人顶替您，没有您顶替别人的钢琴女帝皇吗？ 2015 年和 2016 年连续两年，阿格丽希被正式邀请到普罗旺斯复活节音乐周，却连续两年中途取消预约，今年复活节音乐周不敢给她发邀请了。我们本无心插柳，却是形势比人强，阿格丽希您这回顶替别人出场了！

世界上最好的钢琴家，没有之一——阿格丽希。这个名字在中国经常和“斯琴高娃瑞士丈夫的前妻”一起提，格粉如我，听着很不爽。一个世纪的个性大美女，她和世纪音乐家们的情史可以写几十本小说，她的绯闻情人加起来可以编组乐团。阿格丽希的确是有一个女儿——大提琴家陈丽达，长得和母亲超相似，她是陈亮

马赛海边的天空，经常布满变幻的彩云。

声的女儿。但对于和陈亮声短暂的婚姻，阿格丽希每次提起来就有抵触，原因私密。上个月她和第二任丈夫指挥家杜图瓦一起去巴黎郊区参观拉威尔准备关闭的故居，参观期间因“和宪警发生肢体冲突”被媒体曝光。人们才知道阿格丽希和杜图瓦，当年发生了那么多故事后，临到年老，关系依然亲密。

今晚普罗旺斯大剧院，连楼上侧边的两层阳台都坐满了人，由于临时换人，我们手上没有阿格丽希的节目单，可是玛塔·阿格丽希她人来了，我们是不会要求看节目单的！

现在看到阿格丽希和她第三任丈夫一起上场了，就是那个传说中的贝多芬首席演绎、美国钢琴家史提芬·冠瓦谢维契（1940—）。台上摆了两架钢琴，冠瓦谢维契把凳子调成比正常的矮四十公分的高度。他们先低声讲了两句笑话，前排观众听到的都回应了，然后冠瓦谢维契，像蹲着那样坐下来，显得矮矬矬，他们开始弹德彪西。

阿格丽希出生在阿根廷，姓氏父亲那边是南欧加泰罗尼亚，母亲那边是来自俄罗斯的犹太人。在俄罗斯广泛流传着玛塔·阿格丽希的故事：她四岁时，幼儿园有个四岁的男同学笑她爬不上凳子，就是幼儿园教室里有点高的钢琴凳子。玛塔就这样受了刺激，开始练习爬凳子，一年后她就坐在这凳子上演出了。不屈服和叛逆的因子好像特别顽固地在那些远涉重洋的后代们的身体里发芽生长，祖先移民的往事容易使人产生联想。阿格丽希八岁时已经成为职业钢琴演奏家，巴赫的法兰西组曲、莫扎特的钢琴协奏曲、贝多芬的钢琴协奏曲可以连续演奏几个小时。十五岁时她们全家拿着胡安·裴隆的奖金移民欧洲，归化瑞士籍。

一年开一百五十一场演奏会并同时录制唱片的阿格丽希，她的才、艺、情都被可使用的形容词描述过了，今天就不赘述了。

我看过她小女儿史提芬妮·阿格丽希拍摄的传记《*Bloody Daughter*》，小女儿以特有趣的角度回忆她的妈妈，看得出她是阿格丽希三个如花似玉的女儿中，最受宠那个吧。纪录片收入了不少阿格丽希年轻时期的视频。钢琴家有个双臂单落的收尾动作，在键上霸气侧漏。今晚在演奏完德彪西《牧神午后·前奏》之后他们又双弹了拉赫曼尼诺夫的交响舞曲，果然是千万次的行云流水啊，大厅中央的钢琴，只能形容它此时成了强力磁铁，世间万物，皆被它吸附魂魄。

演奏结束后，几千人起身鼓掌，两个钢琴家鞠了很多次躬、加演了很多次。最后，他们倒退着谢幕，阿格丽希顶着招牌式灰白的长蓬发，牵住冠瓦谢维契的手，两个人都走着小碎步退场。真是可爱，两个人都七十五岁了。

散场时，我站起身，才看到皮尔·贝尔杰（Pierre Bergé 1930 年 11 月 14 日 -2017 年 9 月 8 日）就在我这一排靠走廊边的地方，啊，老人家，今晚他也坐轮椅来了。

音乐周的组织者临时改了个节目单，我今晚就这么走运。感恩，感恩。

22/04/2017

法国南部地中海城市的居民窗户，通常选用浅蓝紫色，让人联想到了薰衣草和大海。

整个人都舒服了

星期天晚餐后，大家说去看场电影吧，于是我用手机刷屏，上网搜。先查影评，两颗星以下的忽略它去，四星以上的这周没有一部达标。我家附近的影院，有部三颗星娱乐片《一人两面》（*Un profil pour deux*）看上去不错，有“法国最具小人物代表性的喜剧演员”皮尔·理查德（Pierre Richard）参演，还是主角之一，决定就看他吧。买了票被遣入最小的影厅，一看里面加上我们观众只有五个人。

电影一百四十分钟，故事其实挺平常的：有个文艺小青年阿力斯，想以写小说剧本为职业谋生，迟迟未得志。有天晚上出街瞎逛，从旁边酒吧走出来一个泡夜店的辣女朱丽叶，朱丽叶喝高了，摇摇晃晃跨不上自己的电单车。阿力斯在旁边看她有点不靠谱，就主动说我送你回家吧。到了朱丽叶家楼下，金发辣女主动亲了亲救她的骑手，然后说，“今晚你别上楼了，我男朋友在，他马上就要去上海上班，等和他结束咱俩再说”。三个月后阿力斯和朱丽叶就住在一起了，不过，是住朱丽叶那边——蹭住朱丽叶的父母家！还和她成年的弟弟住一块，这个在法国也很现实：没能力付按揭的年轻人都不得不厚着脸皮继续啃老。其实阿力斯和朱丽叶的关系直说就是一夜情发展出来的那种——大家都凑合。朱丽叶前男友去上海了，她不想闲着。阿力斯小说写不出来，没经济基础，反正就那样吧，各取所需大家临时先住一块。时间长了，朱丽叶父母就看不顺眼了，老爸没事就派阿力斯调电视机、修水喉，老妈派阿力斯照顾八十多岁的姥爷——这姥爷有点钱，只是人老心嫩，一个人在巴黎一栋风景特好的老公寓里宅着，神神怪怪的让亲女儿不知怎么应付他。这会儿朱丽叶妈妈就跟阿力斯说：给你派个工，去教老爷子学电脑，让他学会上网，以后有个消磨，能不出屋也乐着就最好。不过呢，你不要让老爷子知道你是朱丽叶的临时男友，他特瞧不惯孙女，又特瞧得起孙女的上海男友，你就说你是我付钱的家教吧。故事就这样搞出来了：老爷子学会了电脑，第一时间上了婚恋网站，找了个三十五岁的比利时姑娘，开始写情书约会。碰巧姑娘是个感性女人，男友逝于事故，她需要治疗情伤。于是情书一来一往，真发生了浪漫爱情。姑娘提出要来法国和情书写手约会相见了，怎么办？老爷子此时掏出一把钞票，要阿力斯答应做替身。姑娘来到法国，阿力斯、朱丽叶、情书写手老爷子和网上恋来的姑娘同室共聚，真是紧急时刻！

够乱七八糟，够不可控制，够呛吧？结果却是美妙得很，完全不是我们等着冒大汗的那个结局。“一人两面”是指老爷子写的情书和阿力斯做的替身。不得不给电影点许多个赞。散场时我也是不明白了，这么补脑洞的喜剧，怎么才几个零散观众呢？法国人啊，大节日的跑哪里去消费你们高大上的精神生活了呢。

有人讲笑话说，在法国，名人和明星的共同点和区别在哪里？共同点，是你在餐厅吃饭时，见他们进来你都会看一眼；区别是，名人进来，你看着他，仍然吃你的饭，明星就是那个你看着看着就停了嘴，忘记吃饭了的！

以能让人停嘴的标准，可能只有 Depardieu（大鼻子情圣）和 Deneuve（美女德纳芙）两个，这个我同意。不过这标准线以下的，我肯定停嘴的名人也多了去了，皮尔·理查德，1934 年出生，从影六十年，这次他演了一个和自己年龄相符的老耄爷子。从他演《夏日遗失的二十七个吻》中法国有名的金发郎（一直都是染的，很夸张！）到现在，他那背和胸，好像一下子都佝偻了九十度，让人有点回不过神来。不过这个微偻的胸背，带着一个瞬间而来的启示：生活中真实存在着一种物理惯性，这惯性让你必须爱上一个普通人。“必须爱上一个普通人”，皮尔·理查德演电影，就是重复地秀了一下这个物理惯性。看到这个只有人类才能做出的动作，无论你是谁，年老青壮，你自己试一试，整个人就都舒服了。

18/04/2017

魔鬼藏在细节里

二月底，法国西北部发生了一桩离奇命案，悬念之罕见，开始连警方也难解。南特市附近的小镇有一个四口之家，父母连同两个成年子女一周没见踪影，所在单位没见他们上班，奶奶打电话到家里没人接，于是报了警。警察从遗留的蛛丝马迹展开调查，多日没有进展，直到陆续有路人在外地发现四人零星的遗体遗物，警方才把调查方向转向这家人的亲戚。遇害人的妹妹妹夫开始一问三不知，只是奶奶在被调查中透露了这家人的“天机”，爷爷几年前去世，留下一座房产，因为分配不均造成两个孩子失和，从此断绝来往。警方很快在遇害人物品上发现妹夫的痕迹，于是，在随后的拘留期间，这个妹夫，就是奶奶的女婿向警局供认，是他杀了连襟全家！女婿的招供不知真假，不过很有神话色彩：岳父在世时屋内“发现”了一批古金条、金币，他没有申报，而是把它藏在车库里，需要时逐点消费。岳父去世后，儿子把金条、金块全数据为己有，连母亲和唯一的妹妹都分不到一份，于是妹夫怀恨在心，把连襟全家四口人杀了。

21 世纪的今天，法国因宝藏引发的凶杀案，听起来比小说还玄。这次杀人的嫌犯所称的金条金块是怎么个来龙去脉，当事人已经全部身亡，何以证实？目前警方称案件复杂，事情远未结案。

但是，在法国“一个不小心，一屁股就会墩在隐秘的宝藏上”，是有可能发生的事，相应的法律已经十分明确具体。你若发现了宝藏，你该如何处置？早在 1810 年，拿破仑时代的《法国民法典》已经明文，规矩维系至今。简言之，所有矿物宝藏（地面半米以下）、所有水域宝藏（河流大海水下）一经发现，四十八小时内需向国家申报，归国家所有，国家对发现者的回报，是“酌情授奖”。至于在水面、地面上发现的宝藏，如古堡、老宅、森林、沃地发现的宝藏，原则上归该地产权者所有。在别人领地发现的宝藏，发现者和主人对半分成。

1938年5月大战前，一个名叫包卢的西班牙建筑工人在拆除巴黎市政府所属的老房子的一堵墙时，击散了藏于墙内的一包路易十四时期的金币，共三千五百五十六枚，宝藏内留有纸条：本人为路易皇帝的顾问罗伊，金币属本人女儿及后人所有。这个西班牙工人十分诚实，先卖出四百五十枚金币用以生活，剩余的金币，在战争期间费时费神，七转八拐终于找到罗伊女儿的八十四位后代，把剩下的二千五百六十八枚金币遵他们祖先之嘱，归还给皇帝顾问的家人，剩下五百三十八枚，在法律保护下，和巴黎市政府对半分享。

还有另一件关于宝藏的故事也很有名，发生在2007年3月的蒙特里夏尔市。这是一个很小的法国小镇，一名葡萄牙裔泥水工被老板派去给一座十五世纪的半木制结构的房子加固。在老房子的石板下，葡萄牙工人挖出五百七十枚路易金币，按照法律，泥水工和屋主可对半分享这批宝藏。可是泥水工的老板不服气了，他提出这个葡萄牙泥水工是他的雇员，要人家把得到的宝藏也分给他一半，泥水工不干，老板一气就炒了他鱿鱼。于是这个葡萄牙工人在2008年6月决定，为防止夜长梦多，把和屋主对半分到的二百三十五个路易金币公开拍卖，得到二十七万欧元后辞职走人。

马赛附近海底有一座“哥斯基（Cosquer）海底岩洞”，现属国家级保护文物，洞内有一批完整无缺的壁画，壁画是各种姿势的马，画作完成于二万五千年前。1997年夏天，一个叫哥斯基的马赛人，玩潜水潜到水下三十六米处，发现一条横向的窄小壕沟。哥斯基本人不是考古学家，也不是挖宝藏爱好者，出于好奇，他顺着水底壕沟又向前游了一百七十五米，站住脚，忽然发现自己冒出了水面，可以呼吸了。定睛一看，他发现自己站着的地面是一个宽阔的洞穴。哥斯基明白二万多年前，地中海的水平线在此。他出水后马上依法向国家申报了，可是得到的回复，竟是哥斯基个人与国家宝藏无关，岩洞价值全数归为国有，哥斯基不愿意了，他通过律师，借《拿破仑法典》起诉国家，随后，哥斯基得到“极大的补偿”兼“名誉恢复”。现在这座少有的海底岩洞，正式以“哥斯基岩洞”命名。

一屁股就会墩在隐秘的宝藏上，这种奇事在法国一直是有的，但如何不把宝藏变成赃物，这个最好人人都懂得一点。

14/03/2017

在法国挨冻

上周我挨了一次冻，这经验以前还真未有过。最近我在法国南部一郊区住了几天，房子是五十年代建的简易屋，墙不算薄，屋顶还垫了隔层，但自来水管埋得很浅。刚来那几天天气暖，以为春天到了，厚衣服一件没带，没想到一夜春寒，寒春的冷竟超过了深冬。第二天早上起床，打开水龙头，水管滴几滴水就一阵空响，没水了。有经验的屋主说，昨晚气温降到零度以下，水管给冻住了，得等中午的太阳融冰。无聊中，我打开收音机，碰上电台正做一个访谈，访谈者正在讲法国的核电。法国现在有五十六座核电站，因“安全原因”关闭了其中一座。今年2月9号上午10点，法国西北部，位于英吉利海峡一边的佛朗旺维尔的一个核电站发生爆炸事故，数人受伤，应急部门赶往现场解决。当地政府称，放射性物质向外释放的可能性为零，事故不会造成核泄漏。此时电台有个访谈者，是来自法国电力公司的专家，他说，法国核电安全标准严格，哪怕是“小小隐患”。听者会意，如果由于安全隐患关闭若干核电站，法国人民就得准备接受限时用电的现实。法国电力公司呼吁用户：一早一晚请关灯，家庭洗衣机请设置在深夜工作等等。总之，大家记得要省电啊。

入冬以来，我遵守法国电力公司呼吁，早晚关灯，洗衣机设置于深夜工作，不抢电。现在我缩在没有水、节约电的屋角，想，吓唬人吧，我们还是在法国吗？

这次我搭飞机返回广州，邻座是个小伙子，途中他一直举着手机学习中文教程。飞机降落前，见他在椅子下拖出两大包法国特产“条条糖”，我有点好奇，问：您在中国工作吧？这种粘牙的“条条糖”本是法国小孩子的最爱，每张糖纸有一段逗笑谜语，反面有谜底。他笑说是啊，广州、台山的超市什么都有，就是法国“条条糖”找不到。我是在对的时候遇了个对的人，小伙子

马赛老港的入海要塞。

是台山核电站的法国技术员。

法国核电发展史，事实上是法国能源独立发展的历史。从 1960 年法国成功引爆第一个核装置起，1970 年，法国为摆脱国际石油价格猛涨的危机，蓬皮杜总统的内阁梅斯梅尔总理提出了“疯狂大胆”的发展核电计划。法国本土没有石油、没有天然气，煤炭也即将消耗尽，法国人明白，实现能源独立的唯一途径“只能”是核。在民间，法国长期有一种顽固的“科学家文化”，技术员、工程师、科学家社会地位很高，技术力量一贯是法国“社会精英”重要的组成部分。民众对科学尊重，对科学家研究的成果自然地、百分之百地普遍信任。反过来说，科研果实对民众也就成为一个宿命的承诺。1974 年，“梅斯梅尔计划”发布的同一年，法国四千名科学家联名向政府提交了一份请愿书，要求成立“核能信息科学家联盟”机构。这个组织独立于政府之外、独立于核工业界之外，以确保核能信息真实、透明地传播。机构在 1975 年正式成立，在和民众沟通中不断起到重要作用，不断地赢得法国民众的高度信任。有法国人把核反应堆的地位和巴黎圣母院、埃菲尔铁塔相提并论也不足为奇，核能技术是“祖国的荣耀在高超科技中散发出的光辉”。法国成为现在世界上最欢迎“核”的国家，每十度电中有七点五度来自核能发电，法国的核反应堆每天生产清洁廉价的电力不单足够自己用，还卖给周边国家。但是，仍然存在并且继续有来自不同领域的科学家对“核”安全提出长期的监督、质疑、争论和批评。

以上一段，是从飞机下降开始到停机前，台山核电站的法国技术员给我讲的关于核电的话题。他还解释了“压水堆”“钢铁碳含量”“辐射冲击”和中国国家核安全局、法国核安全局等等专业词汇，真是有耐心哦，这让我相信在系统安全性能检测结果尚需验证前，核电投资各方，会随时延迟投产日期。

“核可以安全驱动一个国家的能源系统而不造成灾难。安全的关键是人，不是核。”法国年轻的技术员说。

这次挨冻时，我忽然想起了这段偶遇。要习惯质疑和争论，因为我们生活在法国啊。

12/03/2017

边过日子，边玩极限

巴黎十六区的现代艺术展览馆（东京宫）最近搞了一个非常特别的个展，非常特别得有点吓人：法国行为艺术家阿伯拉罕·点马（Abraham Poincheval）在一块封闭的石头内生活了一个星期后，这两天“安然”地走出“石棺”。歇一歇，接着会进行这个奇怪个展的第二段：孵蛋。不过不是母鸡孵蛋，是艺术家阿伯拉罕自己，扮母鸡角色坐鸡蛋上孵。3 月 22 日他就要坐上鸡蛋开始个展，个展以鸡仔出壳日结束。这场个展的结束日就悬了，小鸡仔哪天才会在阿伯拉罕屁股的孵化下，唧唧唧出来呢？

阿伯拉罕今年这次连续几个月的个展，原定分两个主题，第一段是“入石头”，第二段是“孵鸡蛋”。2月22号那天，“石头棺”开展，在展地上，我们看见阿伯拉罕“入棺”前，平静得有点疲沓的样子。他给观众解释他背后那座石山，这座如小山般的大石头有几吨重吧，石山被整齐地劈开两半，里面挖了一个人形。人形呈人蹲卫生间马桶的姿势，双手臂向前伸，像搁桌子那样摆着，此外没有活动空间了。人形的头顶开一个钱包大的透气洞，座位下，设置了密封的便桶。介绍完毕，阿伯拉罕就带着极小量的盒装糊状食物和少量饮用水，在那个马桶般的位置坐下,吊机当众就把两块巨石合并，关闭了！离奇的是，在人壳石山里，阿伯拉罕本人没有“视野”，却受视频二十四小时监控。他一个眨眼、一个哈欠、一个私密动作，都会被传递到设在石山外的电子屏幕上，他自己是没有私人空间了，但外面的观众可以看到他的全部并可以通过话筒和他说话。情景实在荒谬：石壳里阿伯拉罕的嘴唇几乎触及石壁，他偶尔回答一下外头的观众，因为声音“撞墙”我们只能听到一阵嗡嗡声。更多时候阿伯拉罕不作答。他没有手表、没有时间感、没有“眼前”、没有“四周”。就这样连续一周，他“以另一种人类的存活方式——比如，存活在地质时代”，他“并未感到被世界消除，而是存活在世界神秘的一种现实中”。当然，有时他“确实受不了了，到极限了，快失心疯了”，在预定计划一周后打开石壳，阿伯拉罕被人轻扶出来——头昏晕眩的厉害，但他中气还算足，笑眯眯地说他有时懒得搭理人的原因，是在石棺中冥思呢！

居住在马赛的阿伯拉罕现在是法国的“另类”名人。他 1972 年出生，曾在勒芒和南特工艺美术学院学习，二十八岁开始“向身体和心理极限挑战”行动。2001 年第一次尝试，他和伙伴罗兰两个人在马赛海对面的大岛，一块荒野地上，以旧石器时代吃虫子、吃老鼠、轮流值班睡觉的方式抵抗野外干扰，这样生存了八天。获此经验，阿伯拉罕的挑战极限行动一发不可收拾。

2014 年，他在巴黎自然博物馆的一只黑熊标本内，在一点六米乘以一点二米大小的空间里生存了十三天。

2015 年，他在一个直径六十厘米的玻璃瓶子中生存了几个星期。

2016 年，在马赛老港国立剧场前，他睡在一块离地面十八米的单板上。

这次之后，他带上这些家什转战巴黎，在巴黎里昂火车站广场，搭了一张离地十八米，长一点六米宽一米的板块，围板没有栏杆。他在身体上扎一条安全带，晚上躺下时两脚伸出板外，身边放一包压缩干粮，悬在高空，他过了六天“人的日子”！

今年年初开始，法国新闻的热题是总统大选。在选情越演越烈时，这个法国公民阿伯拉罕充耳不闻，一心钻在石壳里。现在又准备去孵鸡蛋了。阿伯拉罕实行自己设计的所有挑战极限项目，是想得到“人还活生生时，掐断和外界所有接触”的体验。按常识，小鸡正常孵化期为二十一天到二十六天。阿伯拉罕他真是够：“蛋”定啊——他孵了三十六天，小鸡让他孵出来了！

09/03/2017

为一首歌跪

我看到有条消息在网络上连续上头条："开口跪！迪玛希惊艳献唱"。

哈萨克斯坦歌手迪玛希用法语献唱的歌名，叫《一个忧伤者的求救》。

一首法语歌被哈萨克斯坦歌手翻唱很正常，迪玛希的歌曲被反复转播。我读着网络上中国人对他的惊叹，却勾起自己伤心的回忆。

"SOS d'un terrien en détresse"（一个忧伤者的求救），啊，一晃眼四十年过去了！

1978 年，法国出了一部"前所未有"的音乐剧《星幻》（*Starmania*）。说它“前所未有”是因为几个方面：这是法国第一部“摇滚歌剧”（Opéra-rock）——之前的音乐剧没有什么金属摇滚，音乐剧属轻歌剧。这部剧故事情节神秘、荒诞且非常前卫。它描述的是五十年以后的幻想世界，由娱乐场所、金钱大亨、迷惘青年和恐怖主义组成的超级都市里发生的曲折故事。《星幻》从1979年演到2004年，唱红了欧美一批实力歌手，其中有中国人很熟悉的席琳·迪翁。席琳当年在加拿大舞台高歌《星幻》单曲时，是个不到二十岁的小姑娘。

《星幻》的出现对当年摇滚乐粉丝来说实在是太有感觉了，里面的单曲唱到哪里就酷倒那里的一大片人。几首单曲连年卖到白金级，当然包括这首SOS——忧伤者的求救。

歌剧的词作者，是加拿大人吕克·普拉檬东，这个人后来被誉为法语音乐剧的教父，这部剧让他名利双收，当然还因为他后来又写了红遍全球的音乐剧《巴黎圣母院》的词本。普拉檬东1942年出生，今年七十五岁。

《星幻》的音乐作曲，是法国人米歇尔·伯杰（Michel Berger）。我们今天任何人如果讲到法国音乐剧、法国摇滚乐，讲到有创造性的法国音乐人时，伯杰绝对是一个闻名遐迩的名字。米歇尔·伯杰集钢琴家、歌手、编曲、作曲家、舞台艺术、指挥家于一身，再加上他有个“声音和长相一样甜美的偶像歌手”妻子——法兰西·高（France Gall）。是的，法兰西·高在初版《星幻》里担纲演出。

1992年8月初，伯杰在法国南部度假时打了场网球，心脏病发作，突然就离开了这个世界，年仅四十四岁。那个年份，是《星幻》各种单曲红遍欧美时，噩耗传出，路人皆痛。

“一个忧伤者的求救”算是《星幻》中对歌手演唱功底特别挑战、对听众特别提神的单曲。1978年以来的几十年，能接受挑战的只能是实力派，这批实力派中有三个，每个都特具个性，几乎都可以贴上唱SOS的专利。

第一个是法国原唱丹尼尔·巴拉万（Daniel Balavoine），这是个以“绝不妥协的反叛者”而闻名的歌星，1952年2月出生，1986年1月在非洲马里因直升机坠毁而离世。巴拉万当年正值事业高峰，遇难时年仅三十三岁。他去非洲干什么了呢？是跟着越野赛的创始人去给当地安装水泵！自那至今三十年，每年他的粉丝都在遇难日做纪念。巴拉万有一把昂扬的声线，SOS他唱得如泣如诉，雌雄难辨。

另外两个，是马修·伽拿贝（Mathieu Canaby）和格雷戈里·勒马夏尔（Grégory Lemarchal），前一个很年轻，后一个也很年轻且二十三岁就离世了。可能很多中国歌迷都还记得2004年法国的歌手选秀比赛，二十一岁的勒马夏尔借《一个忧伤者的求救》获冠军，情形和今年“湖南卫视歌手2017”特别相似。三年之后，患天生性基因疾病的勒马夏尔因病情恶化离世。

“为何生，为何死；为何笑，为何泣？看啊，一个地球人的遇险求救。

“我从未脚踏实地。我宁愿做只鸟。我活得不自在。

“我想倒转过来看看这世界，如果它真的有那么好——那么好——从上面看——

感到有个东西，拉我、拉我、拉我——往高处拉我——”

迪玛希的法语我没有一句听得懂，他高低音、男女声和童声都唱得出来，还能唱出电脑合成的效果，能唱得出人声音的金属质地。我觉得所有法国唱者都没有迪玛希的本事，无论巴拉万、伽拿贝、还是患先天性黏液稠厚症的二十一岁的勒马夏尔。在雌雄混音的SOS歌中，他们唯一、仅仅、只是唱出了一种态度：就是弱势群体努力的挣扎，就是疾病中身体求生的呼唤。它和迪玛希“咸素有高士志，造诣渐远，闲游终南山，乘月吟啸，至感慨泣下”的感觉，是完全、完全不一样的。

06/02/2017

夏天假期过后，地中海岸的私人小游艇被叠起架高过冬——码头的泊位都泊满了。

千万不要那么相信你自己

我在读一本书，还未读完，觉得越读越苦闷，这本书是《笛卡尔的错误》(*Descartes's Error*）。

向我推荐这书的，是一个残疾人，我乡下的邻居约翰。约翰今年五十岁刚出头，他坐着的时候脸色红润，额高眉展，胸膛宽厚，但那是坐着，约翰站不起来，永远不会站起来——他双腿膝盖上方两拳头处被齐齐地截肢。三十多年前，约翰十七岁时，有次开摩托车从外地回家，在入村转弯的山路上出了车祸。当十七岁的小约翰倒在血泊中呻吟时，我家大伯正好开车经过。大伯是当地医生，大伯的车里这天还坐着我们家的二哥，现在他们都记得那天是大伯去康城赌场玩了一夜回来，半途经过阿爷家把二哥接上，入山参加俱乐部的跳伞活动。一老一少这时就立即下车抢救约翰，时值冬天，大伯扯下二哥脖子上的红格子围巾，捧起约翰的腿扎紧止血。二哥的红围巾就成为一道急救标记给约翰留下几十年的记忆。伤残后，约翰读了会计，之后成为本地一座大度假营的会计师。约翰几十年的生活就是每天下班后，被嫂子推到大街的酒吧前和街坊们消遣，轮椅摆在门口，逗乐路过的邻舍女人和小孩。来村子落户后，因为二哥的围巾，我成了约翰的熟人，跟这个人也很投缘。他承认“身残者，志残”时，脸上有种真诚的残相，他说“我准备写《钢铁是怎样炼成废铁的》”时，那个眼神也很踏实坚决。

这次我回村子时，看见他又坐在冷飕飕的酒吧门口，断腿像个枕头一样横在前面，上面摊着一本书，就是《笛卡尔的错误》。约翰一脸络腮胡子冷得都挂霜了，打招呼时跟我抱怨他腿痛。“我腿痛，两条腿真妈妈的痛！”

约翰以前就经常抱怨他“腿痛”。没有脚的人会患脚疼，没有腿的人会患难以忍受的风湿疼，据说这是经典的医学现象了，行话叫“幻肢”和“幻痛”，16 世纪时已经有法国医生研究这个现象了。约翰的腿疼现在又来了，有趣的是，今天他的断腿上摆着一本《笛卡尔的错误》。

《笛卡尔的错误》是一次“科学旅行”的随笔，1994年出版。2007年教育科学出版社翻译成中文出版。作者是“世界一流的脑神经学家”达马西奥（Antonio Damasio 1944—）。

书中故事主角盖茨，由于一次事故，脑部被插入钢条。伤愈后盖茨不再是过去那个盖茨了，他性情大变，受伤前深恶痛疾的粗口脏话伤愈后每天随口喷出，经常表现出可以以讲脏话度日的状态。脑神经学家达马西奥以这个脑损伤案例去分析人的选择和“理智与情感”的关系。

达马西奥的结论是，理性的选择需要情感（情绪和感觉）的支持。

我们过去一般的认识是，人之所以区别于其他动物，是由于人类特有的“理性”。理性让人类对社会行为、道德原则等做出“决定”，而情绪、感觉对“理性”造成的负面影响是严重的，对“理性”是有破坏的。

关于情感和理性的关系，大科学家们如达尔文早已有开山之作，由之发展成长久的科学哲学争论，各说各话。18 世纪苏格兰哲学家休谟是少数支持“理性是情感的奴隶”学派的人。到了葡萄牙裔、美国当代脑神经学家达马西奥的《笛卡尔的错误》这本随笔，科学家用脑神经医学案例解释了“情绪和感受的缺失不仅会影响理性的选择，还会使明智的决策变得不可能”。简言之，你不来情绪，你没有出现过坏情绪，就没有人相信你有理性。

没有情绪就没有理智，没有感觉就丧失理智。这本书我越读越糊涂，很多地方复读三遍也没弄明白。笛卡尔的“我思故我在”是错的，身体（心）和精神（脑）之间是有一道等待抚平的鸿沟，读书受教育是靠“脑”，不是靠“心”的……为什么一个所谓当代名人的涂鸦会被拍卖到天价，为什么一个辱骂邻国的候选人会被选上总统，这些复杂的，由每个决策人做出的“理性”“理智”选择的现象，都可以从脑神经学上的解释里找到答案。

《笛卡尔的错误》把人作为动物体，分析的意义申引广泛，从人的受教育的方式，到人类所能的终极。

特别是当约翰——法国小村的一个残疾人在冷风中，给我读书中这段话：当你感受到某个器官存在时，往往是这个器官出了问题了。然后他简述了达马西奥的结论：人的本能是趋乐避苦，现实中人却是在快乐和痛苦中左右为难，而不失希望。“希望”是什么？“希望”就是一种饱含“怀疑”的情绪，就是它，支持了决策者的理性。

到现在我都还未读完这本书。老实说，我左右为难，我对自己的耐心饱含怀疑，但我决定要满怀希望地读完这本书。

20/12/2016

法国南部地中海的海岸。

从笑话到实现，皆因梦想

今天我和几个人聊天聊到一件疯狂的事：只身游泳横渡海峡的壮举。当时我们其中一个掏出手机，上网翻出一条报道给大伙儿看了，问我们这事是不是真的。

这条消息是说 2001 年 7 月 30 日早上，新华社有个王记者在英国多佛尔（Dover）海岸一家小旅馆结了账，正准备让服务台小姐帮打个电话订出租车去火车站，这时旁边有个英国人说他也要送他女朋友去火车站，让记者坐他们的车，这样可以省点钱。去火车站的路上，王记者随口问英国人：你们是来多佛尔度假的吗？英国人说：不是，我是来横渡英吉利海峡的。这话吓了王记者一跳，王记者疑惑地看着这个块头不到一米七五的小伙子，问：你什么时候横渡啦？小伙子说昨天，已经游完了。王记者更懵了，因为就是昨天，中国北京体育大学教员、三十七岁的远距离游泳运动员张健（1964—）用了十一小时五十六分钟只身横渡了英吉利海峡。中央电视台借用英国广播公司四十多人，花了十五万英镑租借了 BBC 一条卫星线路，全程跟随直播，花了一万五千英镑租了一艘三千吨的仿古船全程跟随。中国人张健大张旗鼓地横渡了英吉利海峡。王记者这时问小伙子：你用了多长时间？小伙子说九小时五十一分钟。王记者更加一头雾水，问：你知道昨天有一位中国人横渡了吗？英国人说：当然知道，我是在他出发之后才下水的，不过我在到达法国海岸，返回的途中，才看见他的导航船，还有一艘大船跟着他，还有直升机。王记者告诉他，这些都是中国电视台在做全程直播，他自己就是这次活动的采访记者。这时坐在后座的英国女朋友吃惊地尖叫：你们还全程直播啊！

王记者继续追问：昨天谁在船上陪你了？小伙子指指女朋友说：就她。“游完你累吗？”“还可以，我们找个店吃个比萨饼就恢复了。”“你为这次横渡准备了多长时间？”“也没特别准备。不过我一直喜欢游泳，每周至少游五次。”

到达火车站，王记者坦白自己的记者身份，说希望能更多地了解这个英国人的横渡壮举。英国人也很爽快，临别时伏在车顶把名字和邮箱地址都写给记者了。王记者问：你是游泳运动员吗？对方说：不是，不是，我是医生，在伦敦工作。

这事令王记者心里很不是滋味。现在我们一群人听了，我们心里都很不是滋味！这么简白的笑话，我们记者还当真了！就一“喜欢游泳，每周至少游五次”的英国医生自己做横渡海峡梦，跟搭顺风车的中国人开了个玩笑，我们记者就真当回事，最后还到英国横渡协会打探了一通。

“英吉利海峡横渡协会”全名 Channel Swimming Association（La Manche），成立于 1927 年，它为有志于只身横渡英吉利海峡的豪胆之人提供导航者、导航船、海洋天气预报等重要辅助服务。因为海流从西向东，横渡英吉利海峡的出发地一向选在英国多佛尔海边，到达海岸为法国的格里内角（Cap Gris-Nez）。全长直线二十一海里，合三十三公里，海水温度（每年七月至八月为横渡时间）为十三摄氏度至十五摄氏度。

第一个成功只身横渡英吉利海峡的，是1875年被人们笑话的一个英国人。从1875年到今天，已经有一千四百一十五人成功只身横渡，水中费时最短的冠军仅用六小时，最长的二十小时，一般为十二小时左右。据统计，最乐于此项疯狂之举的“运动员”大多来自“具有坚韧、持久精神，富有战斗精神，热爱挑战大自然的”英国、澳大利亚、美国……当然还有法国（在一千多位成功横渡者中不超过二十个法国泳者！）

由于商业原因，加入“横渡英吉利”的人越来越多，2015年夏天有五十三人成功横渡，2016年人数达七十八人。“只身横渡”近年来已经发展出了“接力横渡”，方式从两个人接力，到三、四、五、六、七人接力，花样层出，搞怪无穷。

现在的横渡规则也近似“勇敢者极限挑战”游戏：船只把横渡者带至英国多佛尔海岸，在离水边十五米处放下，然后在公证人员的监督下，只身跃入海水，过程中禁止触摸船只、禁止触摸任何另一个人或物体，只允许途中接受另一个泳者“伴游”。伴游的目的大概是让横渡者在机械的划水动作中，还可以保持人类意识，不至精神迷离。伴游时间不可超过总时间的一半。泳者在上胸、双臂、胳肢窝部位涂羊毛油脂做防冻、防摩擦保护,每三十分钟由导航船伸出竹竿提供一点饮料和饼干,你自己就在水中自饮自嚼吧，形同痴人。

十五年前，在张健被直升机和大船大张旗鼓地跟随横渡时，已经有八千人在张健之前尝试只身横渡，但只有百分之十的八百余人成功抵岸。当年中国媒体把自己的“超人”像国宝一样紧密保护，在英法算是少见多怪。英国人法国人看到一个仅是个人参与的探险活动，竟然要国家体育局审批、外交部通过、运动营养师长期随身指导，中国驻英国领事在伦敦请吃饭，当天派参赞随船鼓劲。中国驻法国领事在北部加莱海岸恭候出水，然后握手、赞一番、拍照登报，再送上连夜返回英国的海船。法国媒体就开玩笑了：弄得这么隆重，可这中国人的法国签证只在岸边使用了几个小时就走了。

今天我们这群人当中就有一个准备明年横渡英吉利海峡的。他只是一个业余海泳者，下班就到近海练一练，计算过自己的速度，横渡英吉利海峡怎么也得要花十二个小时，曲曲折折的海流中得游五十五公里。我们在座的也很知道，法国电视台和媒体根本就顾不上看他一眼，因为发烧友太多了，只要你打开电脑，点击横渡协会网站，拿信用卡刷缴三百六十九英镑注册费，就可以和导航人员接触，他们就会帮忙组织你的横渡探险了。我们在座的都为他鼓劲：还是准备一下吧，你造不了张健的声势，也不要只做英国医生的那个白日梦，开那个无辜的记者的玩笑。

16/12/2016

法国南部小镇嘎西的游艇港湾。

私密出街了

有天我在街上走着，忽然后面有个人叫："您是朱晓玫吗？"中文说得很准，声音还挺大，吓我一跳。朱晓玫是一位艺术隐士，如果不是刚在附近 La Ciotat 镇开过钢琴独奏会，我们这座城市的人谁会在街上碰得见朱晓玫呢。除了她略带英语口音接受过电台采访，除了巴黎音乐高专她的高足们，法国老百姓谁那么容易就在街上认得出朱晓玫呢。可以想象法国人是多么敬爱她，一个经受过磨难的天之骄子。可是大叔您，我回头认真地跟那法国人说："我哪儿能呢，差得也太远了，您恭维人也不要这么明显啊"。这种恭维也不是第一次了，有次在市区游泳池，我上水后在门口耷着头绑鞋带，对面也在绑鞋子绳的大叔问：您是日本那个小提琴手吧？在哪儿哪儿那场我去听过。这次我判断大叔是瞎蒙，想找个搭话的女人罢。法国男都真会逗女人啊。

昨天我和几个法国人从尼斯开车回来，当中有个法国作家坐我前排开始打瞌睡，呼噜响半天，忽然呼噜停了，半醒半睡地问：还在吗？我答还在。他头没抬，说：O, le monde n'a pas perdu sa beauté（哦，世界没有失去她的美丽）。呼噜声继续，很安心地又睡了。真是神啊，做梦也无法阻止法国男人的本性。

这几天我对法国人的本性又有新认知，是一个关于情话的激评：伽利玛出版社新出版的《密特朗情书》。

对于情话、情书、情信我一贯有个看法：一个人写给另一个人的绝对私密，是要和棺材一起埋葬的东西，怎么可以公开出版呢？

1962 年，四十六岁的社会党议员佛朗索瓦·密特朗（1916—1996）遇到一个十九岁的文学少女，两心相悦，暗结私情，当时密特朗已婚生育，比少女的父亲只长一岁。俗话都说，年龄不是障碍，他们的婚外情坚持了三十三年，直到密特朗患病离世。尽管密特朗始终没有和妻子离婚。在掌权执政的那些年，他动用了国家资源严密保护其私情，情人和婚外女儿尽管没有享受到所谓的“地面阳光”，却享受了世上所有偷情人都不可能拥有的不被打搅。

新出版的“情书”有两大册，一册为《给安的信》，“安”就是密特朗三十三年的秘密情人，该册共一千二百八十页，收录密特朗自 1962 年到 1995 年去世的前一天写给安的一千二百八十封情信，书页是大号尺码，售价三十五欧元。另一册是《为安而记》，七百多页，是从 1964 年到 1970 年密特朗手写、剪贴的五颜六色摄影日记，规模像一本现代集团公司的世纪纪念册，超大超重，售价四十五欧元。

我对法国文化人一向抱有特殊尊重，特别是看到他们谈论文学哲学时，各种复杂动词变化在他们灵巧的嘴唇，轻吐如兰，那得是浸淫几辈子文学才能出来的处理法语语法的高手。密特朗当年大段大段献给情人的情话，这几天被翻译成多种文字，在世界各地媒体人口中朗读。“情书”的市场广告是一张撕不烂的大厚纸，印着：“Je t'aimerai jusqu’à la fin de moi, et si tu as raison de croire en Dieu, jusqu’à la fin des temps。（我爱你至我的岁尽，如果有上帝作证，我对你的爱至时光之终）”，其实就是一句“我无尽爱你”的白话，被一个法国高级文人琢磨足、玩转透，都有点玩酸了。但它原本只给一个人看，再酸无妨，现在这个领受人背过面，把手从背后伸出来，摊情话于众，让一群不关事的局外人把它读出声来，让人汗毛立起。

玩情人的法国人多了去了，无论权贵还是蚁民。但只有作家安德烈·纪德（André Gide 1869—1951）和那个写“纵有疾风起，人生不言弃”(Le vent se lève, il faut tenter de vivre）的哲学家保罗·瓦勒里 (Paul Valéry 1871-1945)，这两个人到现在都没有人发掘得出他们的情书（情人是有的）。就是说，他们的情书被合情合理地埋葬了。伟人前身修，安得现世稳。

密特朗总统的情人安今年七十三岁，琵琶半遮，娇羞自傲。她与“密特朗研究院”的负责人、史学家、名牌出版社共同达成协议，活生生地就签约暴露隐私，将其情人给她的私话公开贩卖。可是，图书发行前夕，她却逃之夭夭，躲外国避风头去了。有人认为她情亏理缺。毕竟每个人的情商不一样，毕竟法国人恭女人为上，早成规矩，早成文化。

31/10/2016

抱抱阿兰德龙抱过的狗

听起来有点搞笑，但故事有点复杂。这事得从头说起。从西班牙返法国，这次我挑了一条以前没走过的路：经过西班牙的两个加泰罗尼亚（Catalonia）自治区，从安道尔（也算是加泰罗尼亚语区）进入法国的东比利牛斯省。这个东比利牛斯省，实际上也是“次”加泰罗尼亚区。加泰罗尼亚啊，和地球上所有有自主文化的“少数”民族一样，历史上长期有自己的骄傲和不甘，和周边关系折腾了近一千年！ 2014 年 11 月加泰罗尼亚又一次玩游戏似的搞了个独立公投，呼吁人民脱离西班牙，哪怕这个公投没有法律效力。赞成独立的占投票数的百分之八十，可见加泰罗尼亚其傲气。现在沿途看到凡和“加泰罗尼亚”沾边的地带，无论在西班牙境内的还是法国城区村落上的，路中间一个个交通岛，上面栽满橄榄树，招摇婆娑的橄榄叶中，都插着高高飘扬的加泰罗尼亚黄红条旗。此时，加泰罗尼亚特有的民族自主、文化自主的形象，顿时在我眼中高大起来。

让·丹尼（Joan Daniel Bezsonoff1963—）在佩皮尼昂市中心等待我们。佩皮尼昂市（Perpignan），古罗马时代就有人居住，自 11 世纪开始，这块地区被阿拉贡国王、巴塞罗那伯爵、腓力三世、路易十四等等各方神圣，你攻占来，我赠送去，数度易主，在 15 世纪—17 世纪间被法国二度占领后签约为法国所有，现成为东比利牛斯省的省府。确切说，法国的这个大省，历史上曾为加泰罗尼亚重要的一部分，曾为西班牙重要的一部分。

让·丹尼现在是法国和西班牙两所大学的加泰罗尼亚语专家了。三十五年前和罗朗同学同读尼斯大学的西班牙文学专业时，被称“让丹”，让丹由三十五年前一个型男，变成现在一超级胖子。所有往事今晚都从尘封的高阁被一一翻出，我们淡酒细数。对了，让·丹尼的姓氏来自俄罗斯。一个俄国的后裔怎么来到西班牙边境的法国加泰罗尼亚区呢？还成为现今法国著名的编年史家和加泰罗尼亚语作家。从 2004 年到现在，让丹每年都获文学奖，他的威水史，在今天让我们很轻易就追溯上沙俄时代，遭遇二月革命的那个上世纪初的俄国贵族。

晚上我们跟着让丹去他去惯去熟的餐厅，这时曼波（Mambo）出现了。车在路边一停，一只狗从餐厅的院子扑出来热烈地猛蹭各人裤管。这狗狗的模样有点惊悚，身上光一块亮一块，光的地方像黄蟒的皮，亮的地方似紫貂的毛。这只狗狗，嘴巴过大，喘气过粗，只有四分之一的毛毛覆盖身体。让丹开始叮嘱众人：认识吧，这就是大名鼎鼎的曼波，大家记住不要给曼波喂零食，它永久药疗，肠胃特殊，吃啥啥过敏。

2009 年，佩皮尼昂市的一单“火虐活狗案”轰动全国：几个无业游民，确切说是三四个十六岁到二十岁的混混，无聊之中在街上捉住一只狗狗，恶从胆边生，一个按着，另一个往狗狗身上浇汽油，点燃。

在法国，民事和刑事案件一般收审周期冗长，三年之内能判下来的少有，但这桩虐狗案很快就通过终审：出手按住曼波的是个十七岁的未成年少年，被判入狱两个月。倒油点燃的是个二十岁少女，被判入狱六个月。

街边讨钱的，不是摆拍。

阿兰·德龙在法国是著名的宠狗班主，他有一座私人墓园，已经葬下四十七条离世的狗狗，墓园中还设建了一座颇有规模的狗狗礼拜堂。惊闻佩皮尼昂虐狗案，七十多岁的德龙悲伤南下，曼波的手术费、理疗费、药物和特殊食物、器械护套等等，德龙一一埋单。

德龙这次对曼波的举动很大，先后牵动了足球先生齐达内、动物美女碧姬·芭铎、荷兰老歌手戴夫等名流搭飞机火车来到佩皮尼昂。一时间曼波的主人莱米家的大门从早到晚都关不住了，莱米太太接待宾客和媒体的茶杯洗完一轮又一轮。

我听闻过曼波惨案，没想到今天、现在这个时候，它一下就跳上了我的膝盖，爪子定定地不动了。我从来没这么近看清一个经历了虐待的脑袋，一张吃了大苦的脸，它也痛切领教人间的冷暖了。

莱米是巴黎的退休警官，回到佩皮尼昂开了间加泰罗尼亚风味的餐厅刚达十年，现在成了俄罗斯后裔、加泰罗尼亚文学作家、法国人让丹的老友。

我的身边坐着一个曼波，今晚我们都确实开心，喝着莱米酿的自制红酒，听他吹他在萨科齐任内政部长期间在巴黎警署当警长的案事。

即使有人举出一百个例子，陈腔滥调地强调人的罪恶，我这里只举一个例子，就能显示在人道主义这个意义上，人类的发展史，绝对是进步的文明史。

29/09/2016

五十个最强，没有之一

我经常好奇，法国在什么场合上会“官方式地”检讨自己？公开承认“那个最糟糕的，是我们法国人干的”？我这个好奇不是挑衅，仅是一个提问。比如有个人称他洗碗最多，但从不说打烂过碗，那是不可能的啊，少年。在法国境外旅行时，我这好奇心就特别强烈，去到哪个国家我都上“法语联盟”（Alliance Française，等于中国在外国的孔子学院）楼上，看看法盟的书架，会不会摆一本给外国人看的“法国其实没那么好”的书。

在青岛法盟，我得到一本赠书《法兰西全胜图集》（*Atlas de La France qui gagne*），Didier Porte 著，

2015年出版。封面是一只红冠、粉肚、绿尾巴的雄鸡在唱歌，雄鸡旁边有字：此书百分百抗忧郁，另一边：我的床头书——奥总（暗讽总统奥朗德），封底是一件球衣垂挂“第一”的奖牌。那件球衣形似法国地图：法兰西在五十个领域排名第一！

我知道迪迪尔·波德（Didier Porte 1958—）这个人，是去年在阿维浓艺术节舞台上见过他演自己写的幽默剧。波德是个记者，写了不少专栏文章，很幽默，但就是从来没见过他赞别人。

这本书分成文化、经济、环境、艺术几类，这里我把波德列出的“法国五十强”转述一部分。

诺贝尔文学奖（Nobel Prize in Literature）和菲尔兹奖（国际杰出数学发现奖 Fields Medal）奖牌总和比较：美国得诺奖十一个，菲奖十四个，合计二十五个。法国前者十五个，后者十四个，合计二十九个。（2015年）

电影产量：法国电影在全球影院入场人数为一亿一千万。欧洲第一。（2014年）

最酷的文字：法语“差不多是”（引号为原作有）最多人学的外语；全球超过一亿八千万学生。（2015年）

外交强项：法国在全球设有一百六十三个大使馆，

排名世界第三，仅次于美国（一百六十八个）、中国（一百六十四个），另加九十二个法领馆。法国外交官一天到晚忙着搞各种讲座，特别忙于讲座后的巧克力尝食。看看那些做过外交官的法国大作家：夏多布里昂（1768-1848）、克洛岱尔（1868-1955）、让·季洛杜（1882-1944）、保罗·莫朗（1888-1976）、圣琼·佩斯（1887-1975）、罗曼·加里（1914-1980）、埃里克·欧森纳（1947-）、J-Ch 鲁芬（1952-）等等，哪个不是先去白天的沙滩再到晚上的宴会，吃饱饮足才到书桌的。奥朗德总统任期至此，除南极和南美，正式出访的国家遍布了五大洲四大洋。（2015 年）

爱做美梦的生物：历届法兰西小姐“全球美女”来源地：摩洛哥、大溪地、留尼汪、瓜德罗普、圭亚那（都是法国海外属地）。

卖化妆品的大腕：全球胭脂水粉的百分之十五点九产自法国，欧莱雅老板娘贝当古因此成为世界第一女富豪。（2015 年）

被染得最绿的手指：问十五六岁的欧洲少年，最近你吸过大麻吗？法国孩子百分之二十四的人答：有啊，最近吸过。欧盟第一。（2012 年）

最会制造诱人的包装纸和玻璃瓶：红酒年产量四千六百万公升。世界第一。（2015 年）

杀虫剂使用得最豪爽的国家：流通全国的大小河域，每公升活水含零点五至五微克杀虫剂残液。欧洲第一。（2013 年）

家养猫狗：一千九百万只。欧洲之最。（2015 年）

由无产阶级领导指挥的行动最灵光：法国工人罢工的频率，以每一千工人为单位，三百六十五天中有一百七十一天罢工日。欧洲第一。（2015 年）

以上数据，迪迪尔 · 波德取自法国电视一台、世界报、新观察家、法新社、欧盟总部、芬兰科学和统计组织等资料库。

原来法国出品了这么多“土特产”。至于那个在大革命后被法国人引以为豪的著名特产“世俗主义”“多元共存”，最好作为国家理念在课堂上讲解比较切实，波德的这本《法兰西全胜图集》就不讨论它了。这本书首页第一句，波德说：“有一种恐惧存于法国的内心太久了。由于它有如此和谐的地理、如此模范的历史，尤其，有如此不可思议的、有创意和令人好感的人民，法国对合法地追还其昔日世界强国的雄心太过恐惧。”

迪迪尔·波德把“法国五十强”列表作秀时，口气忽而逞强，忽而挖苦，经常出现一语双关，一词两义，明捧暗讽。他就是他自己所讽的法国人，他立意对“全胜的法国”数落兼嘲弄，他的技巧就是呛死你法国没底线，同胞一个都不给脸。这里我先推荐一下，谁要法翻中，来译一下全部。

20/08/2016

他无法忍受的，你无法理解的

有个长辈病了，我开车去昂蒂布（Antibes）看望。这个地区每逢假期就一路堵车，等泊好车，走进阳光猛烈、树荫下漫天蝉鸣的小院，看到长辈正接待她的老友，一个也是居住在昂蒂布市的长者。此刻两个老人正举着一本名为《昏眩和信念》(*Le vertige et la foi*) 的书谈论着，这本书是老友带来探望病友的礼物，比利时作家史提芬·朗伯特（Stéphane Lambert）著，2015 年出版。

这里必须先介绍一下昂蒂布这座城市。它位于法国南部，号称“蔚蓝海岸”（Côte d'Azur），离尼斯二十三公里。昂蒂布古迹遍地、海景独秀、冬暖夏凉，比如早上炎热，晚上一定会是个秋夜。它的天然气候、遗迹保存、普罗旺斯民俗风情以及时尚、艺术等等是“颜值”与“品德”的总和，以至今天提到昂蒂布，必定和世上那些赫赫有名的隐士连在一起，丘吉尔、毕加索、马蒂斯、莫内、菲茨杰拉德等等，都在法国蔚蓝海岸的昂蒂布居住过。丘吉尔退休后在此生活到离世。

法国人如果认为某些历史景物需要加以保存，这时就会显露他们特有的耐性、创意和经验。我去过昂蒂布的毕加索纪念馆，这种感觉尤其强烈。直白说，对不谙毕加索创作史的参观者，都会在法国人的帮助下得到启示：欧洲文艺复兴时期，热那亚一个银行业望族格里马尔迪王朝（Grimaldi）成为摩纳哥公国的统治者后，兴建了一系列古希腊城堡，在昂蒂布 1608 年落成一座，1702 年这座城堡成为当地市政厅，1925 年转成博物馆。毕加索 1946 年来此住了六个月，1957 年被授予昂蒂布的荣誉市民。1966 年，格里马尔迪城堡成为世界上第一座“献给毕加索的博物馆”，毕加索和后人向博物馆捐献了二百四十五件藏品。就是在这堵外表仍旧保留欧洲 13 世纪古希腊面貌的土墙内，我看到毕加索、费尔南・莱热（Fernand Léger 1881-1955)、汉斯・哈同 (Hans

街上卖三文治的小店，落闸才看到，铁闸被涂鸦了。

Hartung 1904—1989)、尼古拉·德·斯塔埃尔 (Nicolas de Staël 1914—1955) 的遗世作品。

“法国抽象派画家”尼古拉·德·斯塔埃尔，这个人是俄罗斯裔，出生于圣彼得堡，受十月革命冲击，孩童时代就随家人流亡波兰。七八岁时父母双亡，尼古拉成为孤儿，被比利时红十字会的一个俄罗斯家庭收养。他十八岁进入布鲁塞尔皇家艺术学院进修，后加入雇佣军，在非洲为军队做绘图员。1920 年代是法德大战后短暂的“艺术好年代”，德·斯塔埃尔造访美国、西班牙和意大利，二十八岁前，他创作了一千多幅画作，因对其作品通通不满，他轻易就毁掉了其中一半（太奢侈了啊！）。二十八岁后，以现在画界行家说法，德·斯塔埃尔百分百转入抽象派和新表现主义（法国人称具象派）交错的画风，三十岁开办首个个人画展，四十岁参加威尼斯双年展。其职业生涯十五年，就在最辉煌的、最辉煌的 1955 年，四十一岁的盛名画家德·斯塔埃尔，从昂蒂布他画室的二楼，以头撞地的方式跳楼自杀了。

德·斯塔埃尔“像几何数学”般的多维抽象画作，那幅“La composition”今天以三百五十万欧元售出了。

任何自杀行为都有着复杂的原因，这个举动由自杀者本人体内的“秘密发动机”启动，据说自杀者也无法知晓当中的秘密，更何况德・斯塔埃尔，一个思想、行为都极其深奥难懂的艺术家。

眼前摊在我们下午茶桌上的《昏眩和信念》，就是写的尼古拉・德・斯塔埃尔的故事。作者仅把德・斯塔埃尔的两幅抽象派画作，引申出两个部分，故事写了二十四章。我瞬间产生一个念头，一个把自己精神上的痛苦隐藏于昏暗深洞的诗人，最后以一个无法忍受自己天赋的画家身份终结。这部薄薄的书，让我们花了整个下午谈论。在长辈面前我强逼自己收起茫然相，有限地发挥想象，可是，德・斯塔埃尔对我来说，依然是很难理解的。

在德・斯塔埃尔的横空天赋和自取了结的事实中，我只看到一局绝世悲情。我低头无语。还有更无语的，是患病好友送的一本自甘灭亡的书，也令我十分茫然。

可是，在德・斯塔埃尔生活的昂蒂布市，在闻名的蔚蓝海岸，这一切是被允许的，是被欣赏的。我在夏蝉烦躁的鸣叫声中，低下茫然的头。

15/08/2016

夜未央，路孤独

送朋友去机场返回美国，在闸口看他拖着不再年轻的身体通过安检，最后在我视线里消失。过去这么多年的日子，恍惚都浮现在眼前这个片刻，但这片刻也立即就过去了。我认识这个明尼苏达州圣保罗市的美国医生时，他刚结第二次婚，刚生下自己的第五个孩子，在圣保罗市开了一家诊所，经营美国中产“有闲”阶级特别着迷的“另类疗法”。在过去几十年中，他亲自接生了自己的六个孩子。每晚一家十几口人围一起吃饭，前妻生的、新妻子生的、新妻子带来的，真是不可思议的一个大家庭。现在许多年都过去了，走的走，散的散，他变回孤身一人。在法国的蔚蓝海岸，这一次难得和他相处了好几天，在这里我听他倾谈自己一辈子近乎疯狂的故事。哦，真是巧，眼下我们脚踏的这片海岸，就是美国 20 世纪最有名望的作家、也是你明尼苏达州圣保罗市人菲茨杰拉德驻足过的海滩啊。20 世纪美国文学最具影响力的一百部作品中，菲茨杰拉德入选了两部，《了不起的盖茨比》和《夜未央》，而《夜未央》是菲茨杰拉德在法国“蔚蓝海岸”的灵感之作。

19 世纪末的圣保罗市有个年轻人，长得很俊，自认很有才，他立志只挑富家千金做老婆（不知具体什么原因）。当他真娶了个富家千金之后，一生却因此轻松不起来了。老婆结婚时就是半个精神病，到后来精神全盘崩溃。这个人就是美国作家弗朗西斯·斯科特·菲茨杰拉德（F. Scott Fitzgerald 1896-1940），我们都知道他的《了不起的盖茨比》，不过《夜未央》更贴近作家自己的一生，可谓他的真实写照。菲茨杰拉德本人十五岁开始写小说，二十四岁和富婆结婚。为了满足两口子特别是老婆的奢华物质生活需要，可怜的天才从此踏上“以天赋制作庸俗垃圾”之路，大量赚取了高额稿酬，二十六岁出版了第一部让他名利双收的《尘世乐园》。

1920年代，他和许多世界级艺术家一样，在巴黎结识了海明威。菲茨杰拉德一生写过五部长篇小说，最后一部《最后的大亨》在完成了四分之三时去世，菲茨杰拉德只活了四十四岁。

菲茨杰拉德的小说给我们留下了大量经典句子:“在灵魂的漫漫深夜中，每一天都是凌晨三点”，犹如给失眠者的镇定剂。“我们就这样扬帆奋力推进，逆水行舟，而潮浪奔腾不歇，不停地把我们推回过去”，那是给失败者的安抚。

《夜未央》（*Tender Is the Night*）1934年出版，取名于浪漫主义诗人济慈的著名诗篇《夜莺颂》，中文直译似乎“夜温柔”更贴切。很多人是为了了解美国文学而翻开了这本书，但只需读一半，19世纪初美国上层生活的虚无、妒忌、精神崩溃一定直袭你的心头，夜并不温柔！有一种孤独，即使你在拥挤的十字街头也不可排解；有一种残缺，你费洪荒之力也不可补救。你只能是险恶人生的独行者，没有人会理解你，也不要指望有人理解你，当然你也不指望可以理解别人。

谭咏麟有首同名老歌《夜未央》，现在四十岁的人都会唱：“漫漫长夜里，梦醒得太早，想起我轻狂的年少”，谭咏麟的夜是温柔可行的，只需收敛一点“浮心”！毕竟我们的“夜温柔”和“路孤独”和美国人那个“惨情”标准还是有很大的区别。在机场送别圣保罗的美国医生时，我又提起了菲茨杰拉德，借美国文学的杰出光辉，我在朋友面前挖苦了一下我自己。这位菲茨杰拉德的同乡笑了，他的笑容充满理解，毕竟他明白了我，毕竟世界很小。

09/08/2016

林荫大道上卖鲜蚝的海鲜商。

欧洲杯和法国

今年我回国住了三个月。我运气特别好地被气温永远二十度的中国海洋大学接待了，每天早餐青岛黑皮馒头吃得正新奇，一切近乎完美。享受着中国北方美丽城市的各种好处，三个月就过去了，回程的日子到了。返回法国的途中，我在欧洲又转了两座城市，拖拉回到法国，发觉自己差点就把法国给忘记了，具体说，是忘记了法国那个本来的“地中海国家”形象。一般人概念里，法国是西方的、是欧洲大陆的那个法国。当飞机降落在法国南部大城市马赛，我随队入关，这时有从北非阿尔及尔的航班到达。阿尔及利亚首都阿尔及尔每天有超过四个航班直飞马赛，航程仅一个半小时。我排队等待递交护照，跻身当中，这个时刻，那个“也是属于地中海的法国”形象鲜明地摆在我眼前。“地中海沿岸国家”的概念从西边到东边：葡萄牙、西班牙、法国、意大利、马耳他，土耳其、叙利亚、塞浦路斯、黎巴嫩，埃及、突尼斯、阿尔及利亚……这些名字是和阿历山大大帝、古希腊城邦、腓尼基人、额图曼帝国、君士坦丁堡、拜占庭帝国等等连在一起的，是和这些古老文明连在一起的，复杂的法国历史，实际也就是地理框架下的历史。和整架飞机几百人的阿拉伯国家人民一起进入法国机场那阵子，让我特别容易理解人种各色的法国。

这种感觉还来自在飞机上我翻看的一本德航杂志。这种免费杂志，文散、字杂、图多，但有篇介绍世界各大机场的文章十分详细，附带各机场诱人的照片：新加坡樟宜机场被介绍成亚洲地区的奇迹大花园；东京成田机场，现代化程度从门窗到墙角装饰；香港国际机场的长期美食展，有云吞面、双皮奶；斯德哥尔摩机场的简约北国风格……等我翻看到巴黎戴高乐机场那页，尽管那些光滑精美的照片我已经见惯，但从别的机场翻页过来，还是相当感慨：法国各个机场的免税店，已经变成法兰西国货的大型精品展览会，红酒、奶酪、香肠、巧克力、马加龙蛋饼、橄榄油、果酱、薰衣草、茶包，种种本土美食，还有高价宝石、珍珠饰物、高级礼服、大众时装，从香水到烟灰缸、指甲钳，迪奥、香奈儿、路易·威登、卡迪亚……是的，这里的法国国货、法国品牌是法国人发明的。在这个市场上，你还看到法国推销人对自己品牌的态度：品牌奢侈，连人的态度都是奢侈的。

在海洋大学期间，有天逢青岛法语联盟（Alliance Française）来到校区做开放日。赞助商供应了牛奶、奶酪、家制鸡蛋饼和依云矿泉水，同学们都来捧场了，还铺上假草坪打起了地中海式铁球。我看到我旁听课班上有个中国同学也来了，这天他表现得比上世界文明史课的课堂上主动。他翻看完台面上的资料，就开始跟法盟派来管场子的小姑娘聊上了，开始只是欢聊外国留学生在法国只需交二三百欧元的注册费，不需交学费就可以像法国学生一样上公立大学，还可享受法国政府发放的二百五十欧元的房屋补助，生病了法国的社保给兜着……说着说着，两个貌似调情的男女生竟为那个“世俗主义”和“包容性”的法国的功能争拗起来，两个口才都极好。

欧洲杯足球赛一个月打了五十场，7月10号晚决赛，法国政府很给力地出动了四千名士兵保护，那晚巴黎的兵民比例大概是一名士兵负责五十名观众。球赛顺利结束，法国正要卸下部分负担，把兵力调往将在7月21日结束的环法自行车赛的终点场地，没料到被尼斯海边一辆S型碾轧行驶的货车破坏了，悲剧了法国的国庆日。

18/07/2016

欧杯中的法国蓝队

法足普称“法国蓝队”（Les Bleus），一说蓝队大家都知道说的就是法国国家足球队，尽管意大利足球队也是蓝色球衣。意大利还有一个更有名气的蓝队是意大利桥牌蓝队，只因为现在足球粉丝多了，法国国足蓝队的呼声比较压场。

我不是足球迷，连“伪球迷”也不是。法国蓝队进入半决赛那晚，和德国队就在隔我家一条街的“单车大球场”（Stade Vélodrome）开打。整条街三天前就沸腾起来，一下不知从哪冒出许多卖啤酒的、卖国旗的、卖三色花串的。比赛前半场看得出德国占主动，球在人家德国队员脚下可连带两分钟，到了法国队脚下最多带一分钟。法国人平时有句笑话讲足球，“什么叫足球比赛？十一个对十一个，最后德国赢”，这会儿法国人已经准备好会输给德国了，法国足球毕竟有五十七年没有赢过德国了哟。今晚会有什么奇迹呢？

法国会输给德国，还因为今年的欧杯，法国足球有两个“优质球员”没有入选国家队，一个是“小单车”，一个是“笨马”。先说“小单车”，真名马修·华贝拿（Mathieu Valbuena1984—）。“小单车”高一米六七，比一般法国小女孩高一点点，在足球场中特别显矮，但他表现惊人，以至一路拼杀早早进入马赛的奥林匹克俱乐部（L'OM），还一打十年，L'OM 的全体球迷深爱他，送给他一个量身定做的外号“小单车”（俱乐部指定的训练球场是马赛的“单车大球场”）。2014 年，俄超俱乐部花了七百万欧买下“小单车”去莫斯科踢，临别 L'OM 俱乐部时，“小单车”发表了催泪演讲，感谢这些年全体 L'OM 球迷的力撑。他一边讲一边哭，搞到众人泪涕沾襟，都是一群大汉在哭鼻子。可是很快，“小单车”从俄超回来了，这次回来他去为 L'OM 的强力对手里昂俱乐部效劳，糟糕了，L'OM 的球迷不答应了，在第一场 L'OM 俱乐部和里昂俱乐部的赛事中，比赛尚未开始，一帮很暴力、很要命的 L'OM 球迷，把“小单车”扎成一个真人尺寸的假人，吊在球场上，当众施刑，以谴责“小单车”对 L'OM 俱乐部的背叛。L'OM 的球迷是全国性的，可以说“小单车”受到来自全法国四面八方的唾弃，事件上了媒体头条。这事未消，又来了一件新鲜的：去年十一月，“小单车”向警方报告，他的一段性爱视频被掌握在一个要求十五万欧元的勒索者手里。警方介入调查，发现“小单车”的好友，阿尔及利亚裔法国足球名将本泽马（Karim Benzema 1987—）涉案。这个本泽马也是个人物，在足球界号称“巨星”，效力于西甲豪门皇家马德里。平日俱乐部比赛他身披九号球衣，只在为法国国家队效力时可以享誉身挂齐达内留下的十号球衣，可见此人级别之威猛。可是自从陷入勒索“小单车”事件，主动向警方投案后，球迷转而朝他狂喷。欧杯前法足蓝队教练德尚早就物色选员入国家队备赛，选拔过程身负重压，最后干脆把这俩都弃了。德尚放弃巨星的决定，对法国球迷群如重磅炸弹，大家痛一阵，吐一阵。这时这个本泽马接受媒体采访，他磕磕巴巴但非常肯定地说，因为德尚受到法国“种族主义”

的舆论压力，才把他这个优秀的外裔球员废弃了。本泽马的话又让法国球迷炸翻了天，连他自己的血肉亲戚、铁杆球迷都喷他。法国蓝队的颜色，在球场上黑得跟非洲球队差不多，说法国哪儿都有点种族主义表现吧，偏偏就在法国足球队里，完全没有！你个本泽马脑子进水了。

一宣布这两个“优秀球员”齐齐落选法国蓝队，法足这次欧杯就少了胜算，只是从淘汰赛胜出后，法足就被一路关注——关注到半决赛、到决赛。法国蓝队五十七年后赢了“最强的德国”，那晚我就没能睡着。我房间的空调机坏了，七月的热浪包围着我，马赛“单车大球场”内，外街上的喇叭声、哨子声、噪声，法国人民唱歌、喝酒、你推我拱，在大马路上折腾了一整晚。赢了德国人后爽了好几天，直到昨天凌晨，法国蓝队最后输给了葡萄牙，法国人民才消停下来。

11/07/2016

截住顾彬

今年五月份有个晚上，在香港路中国海洋大学的浮山校区，我遇上了大名鼎鼎的顾彬博士（Dr. Wolfgang Kubin 1945—）。时正夜，本人晚归，他的房车驶至我脚下，在专家楼第二单元门口刹住，这么近，我看到那个正把脚伸出车门的顾彬。他的样子很好辨认，像他那些极其严肃的德国同胞李扑克内西、尼采、卡拉扬、约阿希姆·勒夫那样，都有个共同点，就是不容易流露轻浅的笑容，开怀大笑那更不可想象了。这些“不会笑”的面孔只需见过一面，下次在人群中就能一眼认出。顾彬博士是德国古典哲学专家，波恩大学教授，当今欧洲三大汉学家之一。他现在是中国海洋大学德语系的主任。今天的中国作家都知道这个人，不单因为他从 1976 年开始研究中国近当代文学，2008 年出版了《二十世纪中国文学史》，更因为，这位教授大人在中国、在德国都公开地、口无遮拦地说过不少中国作家的坏话。每次他都有所指、有所据地举出那些显赫的中国当代作家的名字，顾彬说他们最好就不要写了，（让作家不写，做什么呢？）去学外文！要咱们中国作家先学点外文、读点外国文学原作，然后休笔二三十年再说！他还说很多中国作家非常懒，写作是为了钱，他们不懂人性。还说过“中国当代文学某些作品是垃圾”等等，无意中伤了中国作家的心。

在等他钻出车门的那个时刻，是我那一天中的好时刻，因为此时我忽然有了足够的勇气，要当面问他一些问题，这些问题在我嘴边游留好久了。可是顾彬博士在推开车门的时候接到一个电话，他一手乱糟糟地提袋、关门，另一手把手机捂在耳朵上就关车门上楼了，我趁着“充满勇气”的好机会，堵在他眼前，看着他讲电话。听到教授先生用中文对电话里的人说：恭喜你，你真伟大啊！唔，唔，你真是很伟大，我恭喜你。这两句话他反复说了几次，没有笑容。

外国专家的中文讲成这样是不是也太伟大了，我们中国人自己就根本不知道在哪种情形下，对一个人可以说“恭喜你”的同时说“你真伟大”，逗你玩吧，讽刺你吧。我想，是不是哪个非常懒的中国作家为钱写作，得了个垃圾奖，喝高了不知趣打错电话给顾彬吧，不笑的顾彬博士也真够幽默的。

我敢肯定顾彬是一位特别欣赏中国文学的外国人，因为特别欣赏，因而特别挑剔，特别苛刻。他最欣赏的中国当代作家是谁？“这是一个非常麻烦的问题，因为北岛是美国人，多多是荷兰人，杨炼是新西兰人，他们还是中国作家吗？我这样回答你：翟永明，她是生活在中国的中国诗人。”

翟永明诗人？花钱去书店买书的师奶们，你知道这个被外国专家欣赏的中国诗人吗？即使她很美丽很美丽，她诗歌的气场很强大很强大，可是读中国文学的中国人，有几个认识翟永明和顾彬教授的呢？

法国作家哈利尔（Jean-Edern Hallier1936—1997）也是一个特别别扭的辩论家，那个“反龚古尔奖”（Le prix anti-Goncourt）就是他发明的，他还专门安排在龚古尔奖颁奖那天颁发这个特别奖。作家中他要不喜欢谁，跟人家磕上就没完。有次他做电视节目，和一帮声名显赫的当代作家同坐，由于他向来就声称不喜欢也是声名显赫的拉波（Philippe Labro 1936—)，这种个人喜恶本属文人相轻，相互自知。可是讲着讲着，哈利尔把手中扬来扬去的一本拉波新书往脑后一扔，居然当众扔了人家的新书！那个力度差点把后面的古画也砸了，书肯定摔破了，还说人家：狗屎。

顾彬确实有种吓人的风采，但是他比哈利尔好说话得多了。

08/07/2016

立在市区的纪念牌，为移居法国的亚美尼亚人教堂而设。

听一次蓝诗玲讲课

这两周英国被人议论很多，特别在欧洲，就像小伙伴大家结伴玩着，忽然看出当中一个原来是靠不住的家伙。正好我在读一本和英国有很大关系的书：《鸦片战争》。这本书是我离开青岛前去市内最大的书城买的，本想买几本中国当代作家的小说新作带走，入门看见大厅当中巨大的“新书柜台”上，十分显眼的位置摆着一堆小山一样的《鸦片战争》，五百多页厚厚的历史学新著。19世纪的这场战争，中国和西方学者已经研究、撰写了大量详尽精彩的著作，以至我们习惯的“鸦片战争”这个词在英国，也会被他们另称作“中英战争”或“商务战争”。但看清楚了，现在这本书，作者就是个英国人，年轻的英国历史学家蓝诗玲（Julia Lovell1975—），书名就是《*The Opium War*》。显然对鸦片战争这段悲剧性的历史，在今天的英国有人还在回顾，比如蓝诗玲。

谈论“鸦片战争”的话题和细节，向来不容易让我们心平气和。我翻开书页，看蓝诗玲写道：“我之所以决定写这本书，是基于中国普通民众和英国普通民众对这场战争理解上的巨大分歧，我想提醒健忘的英国读者，我们国家曾经从事过鸦片贸易。”

作者强调“本书使用的很多英文原始资料是由维多利亚时代参与这场战争的英国军人提供的纯粹的军事行动记录”。

我好奇地买了这本书，耐心地开始读。读了一半左右，有个晚上，我陪母亲去电影院消遣，她童心兴起，选了2016年新出的美国3D奇幻冒险片《魔境梦游——时光怪客》，于是我们两个岁数加起来超过一百岁的人，戴着电影院发的塑胶眼镜看完了这部花花绿绿的大电影。电影故事来自英国文学经典《爱丽丝漫游奇境记》续集，三维画面天倒地坠，车飞船跳，猫狗都会唱歌说话，五光十色的人和物被时空烧焦到黑炭模样还可以还原成鲜嫩。近三个小时后我们从影院出来，被街上的阳光一照，都站不稳。眼前的城市是不真实的，但 3D 电影呈现的那几分钟的伦敦码头却非常真实地留在我脑中：游历世界成功的英国船长爱丽丝，骄傲美丽地屹立在惊涛中的海船上，她那一船船，装满了来自东方的丝绸、茶叶、珠宝。19 世纪的伦敦码头，繁忙如 21 世纪中国的一线城市“北上广”。

为什么自称“日不落”？在过去几个世纪，每天无论哪个时辰，英国是分分钟都有自己的殖民领土处于白昼中的帝国。英国在世界各地有强盛的掌控权。

在这本《鸦片战争》中我看到很多熟悉的香港街名，以广州话谐音的什么律劳卑（William Napier），什么义律（Captain Charles Elliot），什么马地臣（James Matheson），什么怡和、渣甸洋行（Jardin-Matheson）。

和许多史学家那样，蓝诗玲认为不存在“绝对的历史真相”，即使在中国或英国国内，国人对同一历史事件也会有不同的理解和记忆。在任何情况下，历史学都不可能重建历史事件的全貌。所以她说，“鸦片战争虽然不是以文明和自由贸易为目的（部分英国人认为），但也不是帝国主义长期的阴谋（部分中国人认为）”。

《鸦片战争》（Drugs, Dream and the Making of China, New Star Press），2011年出版，蓝诗玲著，刘悦斌译。

蓝诗玲同时提醒英国人：大英之所以能成为帝国，是因为一种毒品，它让英国财源滚滚之后带来了战争。英国今天要提高国际影响力，必须重提"鸦片战争"这段历史。

她把从事鸦片贸易解释为"尽管绝不是一种纯粹的伦理选择，也不是当代中华人民共和国的史学家声称的那样，把中华帝国变成毒品奴隶的精心设计的阴谋，而是对英国输华商品销售衰退的一种贪婪、务实的反应"。（《鸦片战争》第三十一页）

读这样的文字，犹如历史公开课的大门打开了，这个老师下课，另一个老师上台。

02/07/2016

为今天的英国讲句话

今天讲一下英国人。英国公投脱离欧盟成功，要走。全世界有点愣了，因为到投票前一天大家都以为英国政客只是玩个游戏而已，肯定是虚惊一场。公投第二天醒来一刷屏，大家脸都懵了，英国人真决定要走了。不愿走的那一派有人伤心地埋怨，投票那天伦敦天气太糟糕，大雨把街漫了，车开不到投票站，也有后悔没太把投票当一回事，想重新投一次的。无论如何，反正英国宣布是要走了。英国和欧盟今后的情形如何，今天是未知数。欧盟的问题太多，多到让人发疯，因此英国要走，可是谁家的问题不多呢？各家都有自己的一本难经。

伦敦离巴黎只有三小时车程，这么近的名都可惜我也只去过三次。第一次去英国那年，我们驾车从法国西北部的 Le Havre（勒阿弗尔）乘渡轮过海。勒阿弗尔位于塞纳河出海口，临英吉利海峡，离巴黎二百公里，日夜承接大型船舶，是法国重要优良的港口，一向被视作“巴黎外港”。我们到达勒阿弗尔之前，先是非常敬仰地去那附近的 Saint-Malo （圣·马洛）海滩参观，那里曾是法国大作家普鲁斯特休整疗养的地方。然后又去了袖珍小城 Honfleur（翁佛勒尔市），那里有法国女作家莎冈“年少无知”时赌赢买下的房子。在几个西北部小城转了几天后，我们真感受到了法国这片土地的名作家和“英国趣味”的关联性。感受到了法国人心理上的复杂性是不是和他们地域的多样性有关。然后，心中带着几十个好奇之问，泊岸登陆上车，立刻更换左边行驶，进入英国管理的地域。由于当时车由法国人驾驶，开始的几十公里大家当然就有点紧张，我们法国司机可不要一个不耐烦就和人家“左驾”的英国绅士撞了车哟。

当然，以后在英国的那几天，任何一个人都很快看出，无论行政组织还是日常处事，人家大岛国人和咱的差异不是一般的大，英国人就是与众不同。

左边行驶和右边行驶，简称“左右两派”，在欧洲以至全世界大约都出自共同的说法：“左驾派”来自于古罗马的“骑士让美人”，“右驾派”源于拿破仑的“法国大革命军队”。和“见面拥抱”一样，见面拥抱这个动作古代的“释疑”是：友人相见，以肉身贴向对方证实自己不藏攻击性武器。“左驾”源于古罗马的骑兵窄道相逢，选择马行左边，便于伸出右手和对方相握，表示礼仪和真诚。英国人发明左驾，他们认为在给汽车换挡时，得让大脑信任的、有力量的右手留守掌握方向盘，以次要的左手换档，以获得安全保障。无论左右哪派更科学，今天的欧洲大陆已经没有“左驾”了，瑞典是最后一个改左为右的欧洲国家。他们的决定先经公投，看到大部分人仍坚持左驾，瑞典国会无视公投结果，动用军队上街监督，强行施行右驾交通秩序，一夜之间全国改道。

我不熟悉英国人，但英国人的幽默我领教过。从 Bristol 去 Truro 坐火车，上车时间有点匆忙，着急挤上车。坐下，我才定下神，问旁边一个英国老太太：这是去 Truro 的车吧？老太太面无表情，眼睛瞧上，翻一下白眼：我也希望是。我一下弄不清楚她是幽默呢还是讽刺我。

我在马赛的居住地有个英国邻居，有次他们全家外出十多天回来，在楼道上遇见，我打招呼说：你们回来啦！他也是英式面无表情：我们没有回来。这个幽默我懂。有年，我家住进一个十五岁的英国交换学生，到达第一天，他出来吃早餐，我问：你醒啦？他竟说：我未醒。嫌我问得多余，众人哈哈大笑，他面无笑容，那是人家英式的幽默。

我有点怕在楼道遇见我的英国邻居，怕自己搞不懂英国的智慧。可既然是邻居就得碰上，今天见到这个英国人，我先发制人：欧杯英国输给了冰岛，您没想到小岛也能打赢大岛吧？他答非所问说："英国人没搞清楚他们到底干了些什么。We must indeed all hang together , or assuredly we shall all hang separately。"

回来我上网查他到底又是什么高级幽默，看到这句话是本杰明·富兰克林被选为英国北美殖民地大陆会议成员，参与起草《美国独立宣言》时的著名句子。"我们必须集体捆绑在一起，否则将被逐个吊死"。这句话是 1776 年富兰克林说给美国人听的，今天不少英国人想起来了，说给英国自己人听。原来我邻居他是个"留欧派"耶。

28/06/2016

汇个报

今年春节后我带了个“电影计划”来青岛，简单说，想请教专家、前辈、新锐及电影内行：请看看，有没有可能让我们一起把这个故事拍成电影呢。

这件事源于几年前，我读了迟子建的一个短篇小说。故事讲的是 1950 年，中国东北有个农村少妇，准备整理家什带孩子离开家乡，投奔在林场工作的丈夫，这时村里有个男人送她一罐猪油来交换她的土屋。少妇携着猪油带着孩子开始了千辛万苦的旅行，可惜还未到达目的地，就把猪油坛子摔到地上打碎了。几十年过后，少妇变成老妪，在丈夫的葬礼上，一个当年在林场奉命去码头接她的人向她坦白，是他在打碎的猪油中窃取了藏在里面的一枚戒指，于是这个人一生婚姻、家庭的不幸，从他偷取这枚戒指开始了。当年的少妇半个多世纪来对猪油藏戒指的事毫不知情，她只见表、不见里，老天爷借“命运”之名，一次次反复捉弄人。至此，与这枚戒指相关的人物或已离世，或已消失。真相是大白了，各自的人生，也走到了尽头。

读这个故事的那几天，法国院线正在上映《锈与骨》（*De rouille et d'os*），我是冲着导演雅克·欧迪亚（Jacques Audiard 1952-）去电影院的。法国导演欧迪亚，平均每三四年拍出一部电影，他的每部电影都有一个或几个、甚至全部都黑暗得不得了的人物和故事。可以说，本来在平常人看来可以过得平淡不出差错的日常生活，到了欧迪亚那里，就过得很变态、很暴力。但到最后呢，人生是可以靠“互助”和“自助”（绝不是靠上帝）克服各自心理和身体的残疾和苦难的，把常态变得辉煌。短短一场电影的“人生”，毕竟还是有意义的，它由无数从炼狱之楼层，破窗飞向涅槃的例子组成。

《锈与骨》由于导演选中玛丽昂（Marion Cotillard 1975—）参与，所以，就吸引了不少本来对欧迪亚的黑暗电影不那么感冒的观众。法国美妇玛丽昂把一个被鲸鱼夺取双腿的海洋公园女训鲸师演绎得灵肉俱现。电影中还有一个男主角，受伤后失去生活保障的拳击手阿里，他带着没有妈妈的六岁儿子，两个身体残疾、心力交瘁的年轻人被扼困在绝境中，最后，两个人竟然被爱情紧紧地拴在一起。

我个人非常佩服欧迪亚这样的电影导演，“说服他人”，从来都不是他的愿望和职业，他只“说服自己”。由自己来回答，那些反复出现在自己日常生活中的“活着”的难题。这些难题大都繁琐艰难，欧迪亚把这个答题过程呈现给来到电影院的观众。他的态度诚实诚恳，我们被他说服了：能拴得住人、拴得住心的爱情。在现代化、全球化的今天，道德感临危的西方底层，经历了万千起落摔打后，依然是非常靠得住的。

所以在电影评论栏目看到“有点文化的就要去看法国电影”这类话时，会让人不大服气。显然，我们普通人也有“既然出生不可选择，命运可掌握与否”之间，我们也想尝试由自己来回答，我们不都前赴后继地被打扰、被解困吗？

《锈与骨》改编自加拿大作家克雷格·戴维森（Craig

Davidson 1976—）的同名小说，可是欧迪亚他，很机灵地把它改成一个法国故事。从电影院出来那晚，我把迟子建的小说改写了一个电影大纲。确实是由于欧迪亚的创作力和号召力，那些古老的人的道德感、命运的偶然性等等疑问，明知道是不会有相同答案的，我还是想借个机会，向中法老师们问个答案。

21/06/2016

三个词

昨晚，我在球场外的啤酒摊和两个科索沃来的足球迷聊得比较晚，回家经过楼下小花园，一眼就看到花丛中有个黑物，那是我见惯见熟的东西——被贼光顾过的钱包。捡起来一看，果然，除了现金没有，钱包还鼓囊囊的。此地偷钱包的小贼，惯例把现金掏光，立即随手一甩，扔谁家花园草地了事。我回家在灯光下翻开，钱包里各种有效证件都在，银行卡驾照什么的，还有个党证，这家伙才二十六岁，是英国工党(Labour Party)党员。按党证上的电话号码给伦敦的党组织留言，党组织今早通知了小伙子，小伙子还在马赛老港的小酒店睡觉呢，二十分钟后就搭地铁来到我家。他来得也太急了，我睡衣未换，早餐未吃，就在厨房请他饮杯茶，看他一身足球粉打扮，我忍不住问他：昨晚你没有和俄罗斯人打架吧？

有三个词，本来和我的生活有点远，没太关心，到今早，在自家厨房和这个在马赛被偷钱包的英国球迷丹尼聊天，才清楚了它们之间的区别，长了点见识。

应该说大多数人都知道这三个词意义上有巨大的差异，每个足球赛季开始，从始到终这三个词会反复出现，但是我们外行人一般就不细究了，笼统说你喜欢足球吗，那你就是粉吧，但是“粉”当中，却有 Supporter、Ultra、 Hooligan 三群人。

上周四我从青岛搭飞机飞法兰克福，到法兰克福时天色已晚，要转飞去慕尼黑，我急跑去找德航国内航线。法兰克福机场非常之大，它不同于戴高乐机场，几个航站楼围着中心转圈，走错了只管一直走自动就转回原处。法兰克福机场若走错了还得原路返回，走错就等于浪费时间，所以当有四五个大汉拿着登机卡问我问题时，我理解了人家走错路的焦心。这时走廊上大部分柜台已关闭，大汉的话我又一个字都没听懂，正巧我们头顶有个小小的航班屏幕，我才看明白是他们飞法国波尔多的航班临时改了登机口。这几个身裹无袖T恤，不带任何行李的大汉立马火速飞奔，其中一个的T恤胸前印着一架起飞的战斗机，机下印了普京头像，头像下写着一行黑色醒目的大字：Russia。看他们暴走远去，我那时还没和欧洲杯联想起来。到星期六我上了慕尼黑飞马赛的航班，看到座位前后排至少有二十个穿有普京头像战斗机的T恤的人，我全航程听他们互相逗趣，才想起这讲的是俄语呢，都是一帮在德国转机去法国看世界杯的俄国足球粉！

据统计，全球足球粉有四十亿，势力的确十分壮大。我到家的那个晚上，正遇上英国对俄罗斯，家离球场三百米左右，赛前的下午六点，警车停满大道，我和邻居都习惯了赛季时警察如临大敌的阵势，早早把汽车泊入车库。但是老港，还是有两个餐厅被外国来的球迷砸了，旁边的餐厅全都闻风关门，最后球赛一比一平局，英俄球迷冲突，警笛整夜响彻马赛街道。

丹尼数了数钱包里剩下的证件卡，从容地放入短球裤口袋，然后答我：伪球迷、初级球迷、中级球迷、普通球迷叫Supporters；超级球迷、球疯子叫Ultras。

英国球迷丹尼说：“Hooligan”是“流氓阿飞”，只从事挑衅打架，他们是怎么混进“足球迷”这个群里的我们英国人就不知道了（我们大家就冷笑了）。但 Hooligan 是英国生产的，是 Gentleman 的英国生产的。

这时我接了个工作电话，匆忙和丹尼说再见，看到这个 Supporter 脸上有 Gentleman 的笑容。

18/06/2016

走到人生的边上，一跃！

今年四月、五月这两个月，陈忠实、梅葆玖、阎肃、杨绛接连离世。

我没有缘由地想起2013年的一件事。那年，荷兰有个没什么名气的工程师兰斯朵（Bas Lansdorp）抛出了一项移民火星的计划，叫“火星一号”（Mars One）。那个计划是这样的：全球招募经过筛选的志愿者将在2016年——就是今年，集中进行专业训练，为2023年往火星移民做先驱准备。第一批飞往火星只选二男二女，单程之旅，没有回程。按说，不允许回归的单程飞行有点吓人。兰斯朵1977年出生，年纪轻轻在荷兰中部一间普通大学读书，毕业后研究风力发电，做了五年研究后开了个小公司，2011 年就把它卖掉，投入资金搞了个“火星移民计划”。兰斯朵讲明，出售电视播映权的资金将继续投入“移民火星”项目。大家对这个杂牌（毕竟不是航天航空 NASA 的正牌）“火星移民计划”有点瞠目时，出来了一个曾获诺贝尔物理学奖的科学家，把这个事推动了一下，事情就推大了。这个科学家是荷兰理论物理学家杰拉德·胡夫特（Gerard't Hooft 1946—），是 20 世纪中后期世界最重要的理论物理学家之一。胡夫特从小就立志要成为“知晓一切事物的人”，十六岁完成英、法、德、古希腊和拉丁语课程，轻松获奥数银牌。他们家的亲戚长辈都是科学界的专家权威，爷爷是动物学教授，父亲是海洋工程师，舅舅是物理学教授，他外婆的哥哥，就是他的舅公，即仪表堂堂、相貌酷酷的荷兰人弗里茨·泽尔尼克（Frederik Zernike 1888—1966），曾获 1953 年诺贝尔物理学奖。胡夫特自己从荷兰到美国的斯坦福、哈佛、波士顿一路钻研过来，不断获斯宾诺莎奖、富兰克林奖等各种著名物理学奖，到 1999 年他也获得诺贝尔物理学奖了。这么一个科学家，他也是兰斯朵“火星一号”人类移民火星计划公开的、信心满满的支持者。

这样，在 2012 年至 2014 年那段时间，我们都以为这事情蛮靠谱的，兰斯朵带着“火星一号”去纽约开计划推介会，又去上海开推介会。报名“登火”要注册费的，“登火”注册费不同的国家从五美金到七十五美金不等，经过短短几个月的招募，全球有超过二十万人响应。在中国获得了比在外国更迅速地回应，新京报 2015 年 2 月报道，有一万个中国人报名注册了，兰斯朵也挺满意地说“因为中国是个航天大国，因为中国人多”。

终于，大科学家胡夫特去年接受英国《卫报》采访时，又被问起这个事，他依然乐观坚持，不过明确表示，那个计划，再等一百年之后吧。

是的，我们何必着急响应兰斯朵那个计划，盲目选择单程飞火星这条不归路？地球是多么值得留恋。人生自然而然会走到边上，那时我们一跃，就飞到火星了。

29/05/2016

扮猪吃老虎

有一套全法国人民都喜爱的漫画书《阿斯泰利克斯历险记》（*Astérix le Gaulois*），这套漫画第一本在1960年代写成，现在已经出版了三十三本，被翻译成一百多种语言。阿斯泰利克斯的故事拍了好多个版本的电视剧，电影上映到第四部，电玩游戏什么的许多都用这个故事的人物形象。中国最近也翻译了这样一部在法国人人皆知的漫画，我还没读过，还不知道咱中国人怎么翻译里面的双关法语幽默。

法国人在“国家”这个概念上，两千多年从无到有、地理上从小到大，历史很复杂。法国人都自负，无论巴黎人还是布里塔尼亚（Bretagne）人都以自负出名，这个简称《阿斯特历险记》的故事讲的正是法国自负的祖先高卢人，就是现今法国西北地区的布里塔尼亚人。这本书让他们在自负的历史上再写上一笔。这样一本篇篇都自负浪漫的故事书，法国人觉得就是特别的幽默。

《阿斯特历险记》现在出了三十多本，每一本都用这段开头：话说公元前50年，高卢地区全境都被罗马人占领了——全境吗？不！因为还有一个村庄，那里住着顽强的高卢人，他们一直抵抗侵略，村子周围驻扎了四个罗马兵营，那里士兵的日子可不好过哦。

高卢人的村子里，村民大都长得傻乎乎的，脾气乐天又暴躁，一天到晚忙着，除了打野猪吃，就是和罗马士兵逗着玩，遇到进攻时绝对把罗马士兵打飞上天，一次次挫败凯撒大帝的阴谋，保卫了自己的村子。高卢人靠什么歪打正着总是赢呢？靠的是喝他们村老祭师配的神奇药水，这种药水的配方只可口授，不能笔录，只能对付罗马军队，不作他用。罗马人进攻时，村里的祭师就会配制很多这种药水，村里人都抢着喝，因为男女老少都很享受和罗马人打群架的快感。村子有俩高卢人是好哥们，一个是精灵好动的小矮个子，叫阿斯特

（Astérix）；一个是每次可以吃三头野猪的胖墩，叫欧胖（Obélix）。阿斯特永远随身戴一把佩剑和一个小包包，包包里装的就是神奇药水，他肩负保卫村庄的重任。欧胖不需喝药水，因为他小时候曾掉进药缸里，力大无比，尽管他也很想时不时喝点药水，可村里的祭司不允许他喝。欧胖最爱做的事是扔巨石、抓野猪和打罗马士兵，做这些事对他来说太简单了！两人结伴出征美洲，告别时，当地印第安人把他们当作罗马人，摆出自由女神的姿态，站在河边挥动手臂，招呼来往船只，这两人逗你玩时真有喜感。据调查，法国人喜爱这两个人物的原因，是他俩符合法国人看自己的标准：严守纪律的英雄、肌肉发达的男人法国人都不感冒。遇事好动动脑子、争辩一下、使个计谋、自由散漫、先搞个笑吧——这倒十分像法国人的性格。有人把这部《阿斯特历险记》和《西游记》相比，确实西游记的诙谐能搏人开口一笑，西游记也尖刻玩世。但总体，西游故事偏于抑恶扬善，而《阿斯特历险记》，是人对强者本能的拒绝，等你把每个故事看明白了，你看到的都是法国人对征服者本能的反抗。法国文化部长 Jacques Dupont 提到这部漫画时，意味深长地总结：法国对古今霸权都会激烈地抵抗。换言之，无论法国怎样换总统、换政府，法兰西都将会是戴高乐主义的坚持者。

阿斯特和欧胖出游或远征时，总会遇到带口音的各国、各族人民，他们用象形文字、图画或倒置的符号交流。写和讲都沟通不了的时候，他们就派小狗上场，反正小狗准能懂。

我去过离巴黎不远的那座“阿斯特主题公园”，里面的法国人都携家带口，那里的法国人总比巴黎迪士尼公园的法国人多。我到电影院看过两部《阿斯特》，一部“大战凯撒”，一部“埃及女皇”。前一部把法国总统掺进去，后一部把好莱坞的小李子莱昂纳多掺进去，一开场就是巴黎左派无产阶级领导着一群法国工人游行，大喊“三十五小时！三十五小时！”的新劳工法。看电影后我有个新发现，法国人其实喜欢装傻，以装傻取胜，扮猪吃老虎，你看，1965 年法国发射的第一颗人造卫星，命名为“阿斯特 1 号”就是证明。

24/05/2016

数几个法国女人

有晚我们围住一个法国人，听他细数他们国家历史上的女人，他举了一批“出人头地的法国女人”的例子，把法国女权的来由发挥了一通。

最早的法国女英雄，自然是贞德（Jeanne d'Arc 1412—1431）。我们这代中国人第一次听到贞德的名字，是和刘胡兰连在一起的，那会儿书上说刘胡兰是咱中国的贞德。现在我们搞清楚了，事情太不一样了，法国圣女贞德，是几百年来法国人心目中的民族英雄，在英法百年战争中带领法国军队抵抗英军，最后被捕，被处决。刘胡兰和贞德唯一的相似之处，就是十六岁不到就被处死。

贞德出生的年代，正是我们明朝最兴旺的“永乐盛世”。明成祖命令太监郑和率领二百四十多艘海船、二万七千四百多名船员浩浩荡荡远航七万多海里，拜访了三十多个西太平洋和印度洋国家。而在当时，在寒冷阴沉的欧洲大陆，却是法国历史上最黑暗的时期。法国当时的版图不到今天的三分之一，法国陷在英法百年大战的苦难中。法国北方大片领土被英格兰占领，法国国王查理六世精神病发作，完全无法处理政事，国王的两个公爵亲戚为争夺权力吵个不休，皇后伊莎贝拉婚外情泄露，导致皇室矛盾升级，皇室内部互相劫持，大开杀戒。

贞德是法国北方农村的一个少女，父母有几十亩耕地。一天，她宣称自己在村中一棵大树下遇到天使显灵，从而得到上帝启示要她带兵收复法国失地。她让当地驻军带她去见王储。当然没有人信她，嘲笑她痴人说梦，信口开河。贞德没打退堂鼓，第二次带了两个支持她的士兵又去见官，说出一些听起来离奇的情报，还预测了未来的战事。贞德的预测被证实后，于是贞德的传奇人生开始了。查理王储接见了她，并批准她加入由自己岳母组建的远征军，贞德获得带兵权，从此一路神奇。她亲自指挥每一场战役，高举带着明显贞德特征的旗帜，屡屡击败英军。历史学家都承认，法军在不论多么恶劣的情况下都能不可思议地取得神奇的胜利，扭转战争局面，这都有赖一未成年少女的指挥！最后贞德被法国一小公国俘虏，再被英国重金购去，被审判后，以火刑处死。

贞德死后二十年，英军被全部驱逐出法国，教宗为她平反。五百年后，梵蒂冈封她为圣，人们为纪念她做了：戴高乐二战期间的流亡政府旗帜就是贞德的“洛林十字架”，莎士比亚的《亨利六世》、席勒的歌剧《奥尔良少女》和伏尔泰、萧伯纳、马克·吐温、柴可夫斯基等人的作品都有体现贞德的题材和意象。当然，法国从来不认为贞德是“政治的”，贞德也不属于“女权”的，贞德是“属于法兰西民族的”。

杰出的法国女人，贞德之后代代涌现，疏略一数：女作家乔治·桑（George Sand 1804—1876）、居里夫人（Marie Curie1867—1934）、女作家歌莱特（Colette1873—1954）、哲学家西蒙·波伏娃（Simone de Beauvoir 1908—1986) 等等。

我们聊天会还未散，目光就被今晚电视上的这个女的吸引住：活跃于法国学界的奇葩女子伊丽莎白·巴丹德（Elisabeth Badinter 1944—)。巴丹德是目前“最女权”的法国女子之一，今年七十二岁，正式职务是拿破仑创立的高等学府巴黎综合理工学院讲师。巴丹德的父亲在1926年创立了法国最大的广告传媒集团“阳狮 Publicis Groupe”，2013年阳狮与全球第二广告集团合并，成为全球最大广告集团，市值三百五十一亿美元。巴丹德本人现在每天坐享六亿五千万欧元遗产，巴丹德的丈夫罗伯特·巴丹德（1928—）是做什么的呢？他是密特朗时代的司法部长，为执着地废除死刑、废除未成年同性性行为的刑罚，为让失足者重新融入社会而奔走、而奋争，因书写《新刑法》而声名鹊起。那么这个巴丹德女士做了什么呢？她“为争取女性的权利”而书写、而演讲、而奋争，出版了二十几部书，从16世纪皇室母婴养育，到现代“借肚代孕”都发出尖刻、独到的见解。今天，她严厉指出“对娼妓的禁制将是一场大灾难”，她坚持国家必须花大本钱铲除由黑社会控制的黑市性交易，以最大的宽容保障“正常的娼妓市场”。因为“嫖客均不幸，妓女均无辜”，“我们有什么人道的理由，去指责单身女人为获得乐趣出租而不是出卖自己的身体”？“男人嫖妓的心理因素极其复杂，请不要做低级的道德和品质判断”……

这是“为女人的权利而做所有努力”的法国女权主义者今天坚定的主张。

深想一下，法国人为“理念”所做出的努力和斗争，也是够艰难的，身为法国男、法国女，都不容易。

07/05/2016

宁静的小镇港湾。

德维尔来到青岛

没想到今晚在这个地方可以见到他，法国作家帕蒂克·德维尔（Patrick Deville 1952—）。就算德维尔在法国待着，读者一般也不容易就能面对面见到他。新书出版时，他会和出版社配合一下上电视接受采访，但没想到今晚在青岛，在一间民间读书会的咖啡厅里，我见到了德维尔。

四月底的青岛寒气未退，德维尔围着一条灰黑色棉围巾，这种围巾像一块大号手帕，在法国只春秋两季用得上。可能穿少了，德维尔坐在靠门口的小桌边等开会，从门外吹入的风使他哆嗦了好一阵。

上世纪初，法国生物医学界有个怪怪的人物阿历山大·耶尔森（Alexandre Yersin 1863—1943），他的铜像现在还在香港上环医学博物馆里屹立着。

耶尔森出生在瑞士，很快归化成为法国人。在巴黎读书时，耶尔森幸运地成为巴斯德的学生，巴斯德就是那个伟大的生物学家和化学家，就是被后人称为“进入科学王国最完美无缺的人”的那个巴斯德。但这个耶尔森没打算跟伟大导师巴斯德好好学习，却选择了流浪，要去遥远神秘的东方。他找到远洋船队，做随船医生。上船了，一路漂浮颠簸，在越南上了岸，然后登陆穿过越南到了“印度支那”半岛，四处流离游历。那些年他什么都做：骑个大象、搞个气象站、种橡胶树，植物学、生物学、细菌学都一一涉及，从孟买去广州、去香港。耶尔森到达香港时是 1894 年，香港爆发鼠疫，成为“疫埠”，耶尔森获派进入调查疫情。但调查研究病原的过程很不顺利，当时德国的细菌学之父、1905 年诺贝尔生理学奖得主罗伯特·科赫（Robert Koch 1843—1910) 的高足、也被称为“诺贝尔错过了他”的日本细菌学之父北里柴三郎正在香港，主持鼠疫病原的寻找和研究工作。日本的科学家有点看不上这个从欧洲流荡而来的小混混，处处给耶尔森设限，让他无法接近病源尸体。但耶尔森设法找到病尸，弄到西环坚尼地城的一间茅屋中去搞科学研究。最后，是这个“欧洲来的小混混”从被大科学家北里柴三郎忽视了的肿大淋巴脓液中分离出病毒杆菌（有说耶尔森和北里分别把鼠疫杆菌分离出来，但北里的样本受到污染）。耶尔森很快去到当时法属的越南芽庄（Nha Trang），在那里成立了巴斯德研究所分所，研制出鼠疫疫苗和抗血清。现在鼠疫杆菌的正式学名叫“耶尔森氏菌”（Yersinia Pestis）。

耶尔森 1943 年在越南芽庄去世，享年八十岁。葬礼那天，成千上万的越南人为其致礼。他被安葬在芽庄巴斯德研究所不远处的一座山丘上，这座山，栽满了由耶尔森在 20 世纪初从巴西给越南引进的橡胶树和从秘鲁引进的金鸡纳，就是现在我们广泛入药的奎宁树。

今晚在青岛书屋，德维尔被介绍成“旅行小说作家”，讲台上也摆着他那本以耶尔森生平为素材的“真人旅行小说”《瘟疫与霍乱》（*Peste & Choléra*），德维尔本人正是凭这部小说在法国获得盛名、获取费米娜奖的。今晚慕名而来“看”德维尔的青岛听众有三十来个，他们可能大都以为德维尔是一个擅长写怎样带着老婆孩子或带着女朋友哥儿们自驾游的“浪漫法国作家”吧，于是咱们有个对旅游很感兴趣的读者几次站起来提问，他反复问德维尔先生一个问题：“如果不旅行您会写什么小说呢？”德维尔显然非常疲倦，依然撑着身体在没有靠背的椅子上，礼貌地回答，看得出他不知道怎么回答这样的提问。然后他表示，他会继续“写十本关于法国先辈在美洲、亚洲、非洲、南太平洋、南大西洋、南印度洋探险和发现”的故事，现在，“我已经写了一半了”。

我确实很少有机会这么近距离地接触一位对自己祖先的远征、探险、发现、侵略、占有、殖民、发展历史这么深入研究，沉默地、充满热情的法国历史学家、比较文学研究家和哲学家。我正在阅读那本耶路撒冷大学年轻的历史学家写的“全球畅销书”《人类简史——从动物到上帝》，所以我有一些问题想向这个法国学者请教。等他走出门口抽烟时，尽管看出他很疲劳了，我还是斗胆走上前，问他：您的十本书里面，有没有一个层面，揭露或谴责三百多年来欧洲殖民主义的罪恶？

他有点冷漠，保持平常地、毫不感到被冒犯地、非常严肃地回答：我的书，没有正负层面划分；我的书，是了解、或者试图了解我们的先人，以及他们在人类发展史上所留下的一切。

02/05/2016

王蒙答"普鲁斯特问卷"
——2016年

在一个老师家里，看到他桌子上叠了好几部厚书，王蒙前辈的《闷与狂》也在其中。得到赠予，我一夜看完了这部"新小说"。王蒙半个多世纪书写的文字，让我们习惯了逢"王蒙"两个字，就自然有一种对春树的期待：开放、收获、歇息、入睡、休整调养、重新开放。用动植物的这个代谢过程，广义上看作家的创作过程，一般的作家只有一次代谢，但王蒙是一个异数。作家王蒙是一棵树，栽哪儿，哪儿就不会有失望的春天。如比作花，即是逢春必开。

《闷与狂》不是传统意义上的小说，它是一部由寓言家、预言家书写的癫狂诗作，它时而澎湃如少年，时而哀伤如智者。我们不是必须从第一页读起，不过第一章第一页很好看，是王蒙少有地温柔细腻的表达，诉说心事。

书中的章目都很琼瑶，有稍嫌忽悠的“我的宠物是贫穷”，略感仓促的“你的呼唤使我低下头”，过于哀艳的“明年我将衰老”。不要紧，王蒙都不着细节，他连一个细节也不会告诉你的。

历史的必然和偶然，我们花口水争个不休，其实是同一回事；死亡，绝对不是一个意外，没必要花时间学习避免它；生命中一连串必须的礼仪，王蒙睁着一双平凡人的眼睛，穿过了一道道繁花累赘的绸缎子门槛，淡定地、大步地跨过去了。是的，王蒙是一个布尔什维克，不过不是被我们贴了标签的那个历史的布尔什维克，或者说，已经不是。

他可以随心所欲了，他已经随心所欲了。真是幸福，您哪，真是好运气，前辈。

《闷与狂》和普鲁斯特的《追忆似水年华》没大关系，普鲁斯特这本书连法国人也要读几十次，每次快进几十页，记忆都只停留在前三页。《闷与狂》是春树花

2016 年 4 月应中国海洋大学王蒙研究所之邀和温奉桥老师在四川参加王蒙文学研究活动。

开，不过我由此想到了普鲁斯特，想到的是他那个著名的问卷。

王蒙前辈，您一定听说过那个叫“普鲁斯特问卷”的提问。其实这并不是由普鲁斯特发明的，只因为 19 世纪法国作家普鲁斯特在他十三岁和十九岁之间玩过这个游戏。游戏来源于当时的“上流英国”，最早可追溯到 1860 年，原问卷是英文，翻译成法文叫“自白书”。当时少年的普鲁斯特有个女哥们叫 Antoinette（安东文奈特），她的父亲菲力・福尔（Félix Faure 1895—1899）后来成为法兰西第三共和国的总统， 福尔总统的两个女儿都是普鲁斯特年轻时代的好友。这个游戏被收集在安东文奈特英文版的《思想和感情结集》（*An Album to Record Thoughts, Feelings*）里。那个时代时髦的玩意儿都来自英国，时髦人都认为这些英式问题可以揭示人的趣味、思想和精神愿望。

普鲁斯特在他未成年时就做过几次这个英国式的自白书，据说每次都认真投入。1890 年他又做了一次这份问卷，当时他十九岁，在新奥尔朗服兵役。这份问卷手稿在 1924 年被心理医生安德列・贝杰 （André Berge）发现，上面写着“马塞尔・普鲁斯特自测”。2003 年 5

月 27 日，这份普鲁斯特手稿以十万两千欧元的价格拍卖售出。

主张“语言不单是工具，还是文化沉淀”的法兰西当代文化名流、2014 年起担任龚古尔文学院领导的贝尔纳·皮沃（Bernard Pivot 1935—），长期在高等学校和专业媒体上主持高难度的法国语言考试和文学节目。上世纪 90 年代初，他开辟了电视黄金时间节目“文化浓汤”（*Bouillon de culture*），邀请文化名流特别是各国重要作家做嘉宾，提问和回答严肃而不失活泼，深入浅出，最后均以“普鲁斯特问卷”为节目收尾，颇具搞笑效果。

由于皮沃的影响，“普鲁斯特问卷”在二十多年前又重新时髦起来，即使在中国也可找到多种多样的普鲁斯特问卷。现在所有中文版的“普鲁斯特问卷”已经八仙过海、百花齐放、无奇不有、古灵精怪，和皮沃版的“普鲁斯特手稿问卷”大有差别。

“普鲁斯特问卷”的提问有二十六条，贸然请教了前辈王蒙，他回答了皮沃版的普鲁斯特手稿问卷：

1. 您最欣赏的德行是什么？

与人为善。

2. 您认为男人最应具备的优点是什么？

说话算话，尤其是对女人说话算话。

3. 您认为女人最应具备的优点是什么？

快乐光明。

4. 您认为您朋友中什么最值得您欣赏？

有兴趣于所有的事情。

5. 您最大的缺点是什么？

丢东西，例如我丢掉自己的身份证达三次了。

6. 您最喜欢忙什么？

写作。

7. 您对幸福的梦想是什么？

挽留住受欢迎的客人。

8. 您最大的不幸是什么？

喜欢音乐但是不会操作任何乐器。

9. 您想成为谁？

我自己。

10. 您向往在哪个地方生活？

地球上就好。

11. 您最喜欢哪一种颜色？

多种颜色。

12. 您最喜欢哪一种鸟?

燕子。

13. 您最喜爱的散文家?

还没找着。

14. 您最喜爱的诗人?

苏东坡，普希金。

15. 小说中您认为的男英雄?

不确定。

16. 小说中您认为的女英雄?

不确定。

17. 您最喜爱的画家和作曲家?

列维坦与柴可夫斯基。

18. 您现实生活中的英雄人物?

各个体育竞赛冠军。

19. 您最喜欢的名字?

无。

20. 您最讨厌的是什么?

装腔作势，大言欺世。

21. 哪一个历史人物您最鄙视?

李世民。

22. 哪一部分的改革您最看重？

一些事,没有人说太多的话,自然而然地就改过来了。

23. 您最想得到的大自然的恩赐是什么？

该记住的都记得住，该忘记的都忘记。

24. 您希望以什么方式离世？

暂未设计。

25. 您目前的心境？

很好。

26. 让您更激发灵感的过失是什么？

为生活与经验而过分感动。

27. 您的座右铭？

肯学习就学得会。

03/04/2016

法国喜欢贾樟柯

法国的确喜欢贾樟柯，不单是哪个法国人喜欢他。从贾樟柯电影在法国院线的表现看，这是一种集体的社会行动，贾樟柯电影已经成为法国观众接受的、由“知识分子”制造的“艺术电影”的标杆，如果你不去看贾樟柯的新电影，你就不够有文化。贾樟柯二十七岁拍了第一部又长又涩的故事片《小武》，当时就被法国国级影评《电影手册》称是打破了中国电影常规、标志中国电影的复兴和活力的电影。2004 年他获法兰西艺术与文学骑士勋章，2015 年戛纳电影节给他“盖棺定论”，颁发终身成就的金马车奖，那时他才四十岁！

这次为了看贾樟柯的电影《山河故人》，我连续四天去电影院排队，前三次排到我时都满座了。在法国看电影我从来没遇到过这种事，看一部片竟要连续四天去排队。问卖票的：是不是因为放在小号影厅播？答不是，放《山河故人》的是法国影院的大号影厅。一个饽饽香成这样子，我今晚就非得看成不可。

法国每年自己出产二百部电影，加上好莱坞等进口片，每周都有新电影推出。中国电影在法国流行了这么多年，当然是因为有靠谱的媒体捧场，媒体要捧哪个的场。今天法国人口中的“中国电影”，可以说就是被媒体捧热的“贾樟柯电影”。法国人今天看到的中国，是贾樟柯告诉他们的那个中国。这就有点不对路了，这样对其他中国导演太冤，但电影引进市场，无论在哪个国家都有一些道道，和做生意的道道一样，不是一两句话说得清的。

我家附近有个专放文艺片的影院，在那里我看过姜文、王小帅、蔡明亮、刘杰、娄烨等导演的文艺戏。无论怎样，中国文艺片无论出自哪个人手，都比巴基斯坦和非洲的文艺片好看，来到法国的中国文艺片怎么说都不是烂片。特别是贾樟柯，《三峡好人》《二十四城》

《天注定》，在法国每场都爆满。

只是近年，我每看一场贾樟柯的电影后，就特别想念他身后今天所有的中国导演，他们很多都比贾樟柯更用功、更用心、更了解电影和了解中国。贾樟柯的职业生涯也比这些导演都开启得迟，当年我们热谈张元、娄烨、王小帅、王全安、刘杰的处女作时，贾樟柯正躲在山西汾阳影视厅看《黄土地》，正偷偷学师发功。现在，戛纳电影评委会把他和安东尼奥尼相提并论了。为什么是贾樟柯？

《山河故人》名字取得特别好，像首老文人怀旧情诗。电影分三个部分，从 1999 年的山西开始，女主角被两个中学男同学同时恋上，直到她选择嫁给煤老板，另一个男人远走他乡，故事就变得有点惨了；第二部分到了 2014 年，女主角父亲去世，已经离婚的煤老板把八岁儿子移居澳洲，几个主角就都开始了没有笑容的生活；第三部分，2025 年，十九岁的儿子不懂中文，在澳洲恋上比他大四十岁的中文老师。电影的最后一个镜头是，他的亲生母亲在故乡的大雪里跳舞。

贾樟柯把一个普通的中国故事，讲述得太过苦大仇深。这部电影和贾樟柯以往的电影一样，都有一点点明显的硬伤。张艾嘉与比她小四十岁的学生谈起恋爱，也太过豪放。年龄不是问题，像小男主角说的，2025 年谈恋爱连性别都不是问题，问题是贾樟柯安排这些细节没有什么说服力。

今年三月，戛纳组委会去中国选中《山河故人》时，电影还在赶拍，可见法国电影节已经给贾樟柯预留了位置。法国选择让贾樟柯来介绍中国，这个中国不是只有塞车的高速公路、不是只有大规模生产的工厂、也不是只有第三世界长期的苦难和悲伤，这些东西别的国家也有，法国自己也经历过。法国其实也不贪图贾樟柯的政治色彩，法国人欣赏的是贾樟柯记录了真实的、正在变化的中国，以及在这个变化过程中，中国人呈现出来的具有东方风采、东方情调的积极反应。

贾樟柯无疑已经找到一种和法国人沟通的共同语言，他暂时击败了自己的商业对手，比如，张艺谋。

12/01/2016

世界上最悲惨的思考者

刚飞离布拉格，回程还没踏进家门，布拉格已经让我想念，像想念一个未能报答的老朋友一样。我后悔在布拉格逗留的时间太短，特别是，我没有去好好看看卡夫卡。

在布拉格的街道散步，坐布拉格款式古旧的市内巴士，看周围匆忙赶路、眼睛盯住手机的布拉格人的面孔。女的，我都把她当成年轻的罗莎·卢森堡。罗莎·卢森堡是波兰籍的德国共产党人，她不是捷克人。男的，我都把他当成是三十岁的卡夫卡。着深色冬衣的捷克人都表情严肃，给人一种钢铁般冷冷的感觉，都不向陌生人微笑。布拉格的冬天太冷了。

我听说过卡夫卡在他的祖国没有什么名气，捷克文学史上，很久以来都没把卡夫卡当个大人物，他在捷克出名很大程度上是由于他的“私人糗事”。真是令人生气。是的，在1989年之前，捷克没有“承认过”卡夫卡，1989年之后，卡夫卡的头像开始被印在香烟、蜡烛、火柴盒、钥匙扣和餐厅的碟子上，被印在可以出售的旅游产品上。卡夫卡，今日却成了布拉格旅游消费的重要一项。

哈谢克（写《好兵帅克》的那个）、昆德拉、哈维尔和卡夫卡，这些人我们经常莫名其妙地忘记他们的国籍，特别对卡夫卡，奥地利认为他是奥地利作家，德国把他归到德语文学，因为卡夫卡1883年出生时，布拉格属奥匈帝国的领土。1924年卡夫卡在奥地利维也纳去世，卡夫卡在家说的话是犹太人区的变种德语，卡夫卡的作品也都用德语书写。

布拉格市内有一座葱绿的大山，一个中等城市内有座巨大的山立在城中的情况并不多见。山下有火车轨道，山当中被凿出一条一百多米长的隧道，用来连接城市两边街道。这条隧道白天也幽暗，地下铺着硌脚的石头，天一黑下来，隧道里像孤寂的迷宫，感觉十分萧瑟，但这条隧道给布拉格的上班族省了很多时间。大山两边都修建了非常好走的登山道，可以轻易攀爬到了山上，看到山顶上铺着长安街那样宽阔的马路，可以并排通过三辆大巴士，布拉格的苏维埃风格果真就在山顶这条马路上。我在这山顶大路的尽头，看到雄伟的布拉格军事博物馆，门前有一座像家用房车一样硕大的铜马，黑亮触目。铜马的底座上刻着一个名字：卡夫卡。

“卡夫卡”在东欧是个响亮的姓氏，铜马的雕刻师名叫卡夫卡，不过不一定就是作家卡夫卡的亲戚。现在布拉格电话簿上有一百三十个名叫卡夫卡的人登记，据说这些人家里的电话经常被游客骚扰，从世界各地来的卡夫卡崇拜者看到这个名字，有的真就直接打电话问，您和卡夫卡有亲戚关系吗？

当然没有关系。卡夫卡的一生太悲情，他连一个女人都没有完全拥有过，他四十一岁就死了。

我很偶然在布拉格的犹太人老区发现了“卡夫卡故居”，这个故居门檐很低，几乎要低头进入。名人故居简陋至这种样子实在过于省俭。我在里面停留了半个小时，这半小时除我外，没有别的访客。

我们读《变形记》《审判》《城堡》，是很难想象作家曾经有过如此悲苦的一生的。卡夫卡是家中第四个孩子，父亲是“自私、傲慢、成功的”犹太商人。对第四个小孩子表现出来的文学兴趣，父亲没有给予一点理解。卡夫卡说，父亲对他肆意使唤、冷嘲热讽，他每天在叱责中度过。“父亲”的形象，在卡夫卡的印象中是个毫无温情的暴君。这个小孩子逐渐长成腼腆、举止得体的青年，却生活在他自己极力掩饰的罪恶感中。卡夫卡从小、从他会独立记事时起，就往一个沉默忧郁的思想者那儿长，这个忧郁的人害怕别人发现自己内心的狰狞，他把写作当成一种祈祷的形式。

卡夫卡的作品只有很少数在他生前出版，大部分是去世后，由他的挚友布洛克整理、出版的，现在人们都说，书的出版，根本是违背卡夫卡本人意愿的。在卡夫卡看来，他曾经写下的，全部都是不值得留世的东西。我们现在读得到的，一百多页的《给父亲的信》，里面充满卡夫卡对父亲的控诉，也是仅有的凭据，让我们了解苦难的作家卡夫卡。

近几年，有人在属于卡夫卡的一个带锁抽屉中，发现了色情淫秽照片。卡夫卡的私生活本来就被指责，指责这个男人在“性”上特别动物式的活跃，这是他不可原谅的缺陷，也是他一生受尽性障碍折磨的根本原因。这下好了，卡夫卡又被蒙上了“不具备与人恋爱能力”的变态面具。可怜的卡夫卡，你是一个误入人世的孤独者，你是一个误入人世的思考者。

04/01/2016

在布拉格讲故事

飞机落地在布拉格前我有点担心。布拉格，是一个足具魅力的世界古老名都。以前有东西方两阵营的说法，互相禁足，不过这种状况已经解除三十年了，我身边有不少不同国籍的朋友在最早解除禁令时就满怀好奇和向往，拎上背包直奔布拉格。一眨眼又这么多年过去了，我的脚现在才踏上布拉格。我担心什么呢？我担心巨变已经过去，我看不到一个“想象中的老欧洲”了。

晚上十点到达布拉格机场，来接机的司机英语流利，一路畅通，半小时到达城中住宅，车费仅二十欧元，比其他欧洲大都市都便宜。房东拄着拐杖已经等在大门口，我们立即住进一栋外貌似东欧，内部现代化设施齐全的欧陆公寓。我的内心被深深的触动，这栋欧洲内陆风格的公寓，老式陈旧的楼道、玄关、电梯、隔音门和双重锁，一切都还坚持着半个世纪前重工业城市的厚重风格。我自然想起熟悉的情景，德国导演费德里安·亨克尔·冯—多纳司马的处女作《窃听风暴》（*Das Leben der Anderen*）的那些画面。《窃听风暴》的故事，老实说吓不着我们1970年前出生的中国人，只是导演演绎路数太刺激，神经再坚强的人看这部“献给善心人的奏鸣曲”时，也禁不住一阵阵地起鸡皮疙瘩。

早上外出早餐，走几步就看到街上一间酒店的自助早餐广告，服务四星，每位仅需五欧元，铺满果食的桌子中间矗立着一座黄铜裸女雕像，有点怵目惊心。服务生都是金发，白衣制服，很有范儿。

晚上被房东邀请到她家饮茶。我们曾经是法国邻居，不过上一次见面已经是很久以前的1999年，当时她已搬离法国回到捷克，遵嘱带捷克表兄的骨灰专门回来，撒在地中海法国海岸。那次我们花了不少时间谈论我们的另一个法国近邻——俄罗斯裔法国作家亨利·特罗亚（Henri Troyat）。特罗亚1911年在莫斯科出生，

在法国南部著名古城阿维侬的大教堂内。

原名列夫·塔拉索夫，父亲是亚美尼亚富商，十月革命后随父母来到法国定居时，他还不到十岁。他在法国读书受教育，从学法律到转做职业作家，惊人地多产，他的小说、戏剧和传记总数超过一百部，是有名的“写字狂”。1959年当选法兰西院士时他才四十八岁，到2007年以九十五岁高龄逝世。由于法兰西学院四十名院士是终身制，离去一个才补入一个，特罗亚成就早，离世晚，他成为法兰西学院成立三百五十年来唯一一位有机会“送走”三十九位比他早的院士的人。特罗亚的特殊还有一个，这个俄国裔来法国之后从未重返俄国，即使苏联解体后也终未动身返乡，理由是以此永远保留童年在俄国的记忆，以免自己的幻想干枯。特罗亚的《契诃夫传》《普希金传》《风流女皇叶卡捷琳娜二世》《末代沙皇尼古拉二世》《一代暴君伊凡雷帝》《世界文豪屠格涅夫》《幽默大师果戈理》都成为中国学生爱读的外国文学著作。他写传记从俄罗斯写到法国：《风流作家莫泊桑》《正义作家左拉》《不朽作家福楼拜》。特罗亚长住巴黎，南部的别墅是度假屋。他的名字太盛，自从家人告诉我这间就是特罗亚的别墅后，每逢路过我都瞄几眼，大门总是关闭，有寥寥橄榄树枝伸过墙头。终于有机会跟邻居进入特罗亚的大门“看地盘”，那次我隔着窗户，近距离地看到大作家竟是站着写字，他的姿势是身体挺立，举着手写字，旁边竖一只乐谱架，上面放了一本打开的书。算算《帕斯捷尔纳克传》2006年出版时他九十四岁，那么我见他写字那次肯定不是写帕斯捷尔纳克了。人类经过不断的历史演变，大量平庸无奇的基因都平庸无奇地保留下来、继续繁殖下去。像我们普通人，突然见到一个异军突起，他就立在眼前，和我们一起站在超市的货架前挑选食物，这就是当年在本地超市，再次面对面看到白发苍苍的特罗亚时，我谨慎注目，却不敢留步的原因。

我告诉房东阿雷娜，特罗亚去世后，那座房子卖给了一个瑞士地产商，都拆了，现在里面被一群新别墅挤满，橄榄粗壮。

阿雷娜1938年在布拉格出生，父亲是旧时代的捷克律师。1948年新旧政权交替前受到警告，律师收拾财产带着妻儿潜逃瑞士，转到阿尔及利亚。阿雷娜在阿尔及利亚的法国中学毕业后跟随父母去了南非，直到1991年天鹅绒革命后，阿雷娜带着父母的遗产回到布拉格。她追寻解放和解冻的家产的故事也是一路辛酸，一路惊险。

从特罗亚到阿雷娜自己，从俄罗斯到捷克，我们不少聊到被牵连的法国。她要我支付欧元现金，以便下次去法国度假用。我们身在阿雷娜家一座七层的祖屋，外面有隆隆的电车声，望出窗外，电车、电缆和半截的骑楼，都让我颇有三十年前看广州西濠口太平南路的感觉。

还是我想象中的老欧洲，我喜欢。

04/11/2015

布拉格的颜色

我对昆德拉有一种特殊的尊敬，是在了解到那部著名的《生命中不能承受之轻》的写作背景之后、是昆德拉从东欧流亡到法国很久之后。现居法国八十六岁的昆德拉，他的身份早就不是一个政治作家或者流亡作家，他是一个在广阔的哲学语境中考虑问题、政治因素在小说中越来越少直至完全消失、写作手法似法国超过似捷克的一个职业小说家，一个深厚文学素养的思想家。文艺界内行人留心过，昆德拉曾六次被诺贝尔文学奖提名。有天我跟北师大两位仁兄和普罗旺斯大学中文系主任散步，当中有位不经意就提出这个老问题：为什么昆德拉没有得诺奖。是的，这是个值得有答案的提问，我们屡屡提问，却都跌回沉默。只能谨慎地说，我们不知道哦。法国有些不够谨慎的记者笑：因为昆德拉的色，不能迎合瑞典的审美。

色，就是色情的色。色情的颜色，在昆德拉小说中是必然绽放的。三十年前盛名的“反媚俗”小说《生命中不能承受之轻》，主角外科手术医生托马斯，生活在对女人追逐的快乐中，托马斯的朋友们和他见面行贴颊礼时，随时“可以嗅到托马斯脸上女人下体的气味”。

在昆德拉祖国的这些天，确实，我看到今天布拉格赌场蓬勃，性商店也很兴旺。在老城区一条主要大街上，有个情景：我的左边，是世界头号资本主义国家美国的品牌麦当劳餐厅；右边，是世界头号资本主义品牌的赌场 Casino；左右紧夹中间一个小门口，它的二楼，是布拉格的共产主义运动纪念馆。我站住脚，拍下一张照片留念。

《生命中不能承受之轻》出版后很快改编成电影，托马斯其中一个情人特蕾莎，由法国女神朱丽叶·比诺什饰演。找比诺什真是找对路了，比诺什在她五十岁之前，有很长很长一段时间，她隐秘的个性和欲媚欲妖的外貌，是对世界上男人极大的诱惑。电影中间有个细节，比诺什去一间俱乐部游泳，导演让她从更衣室快步出来就直插入泳池，十几秒钟以标准自由泳姿势直飚尽头，立刻就起水上岸离去。她的出现简直犹如流星划过，犹如森林闪电，这个画面长留观众的记忆中。这次当我无意中经过布拉格旺市中的一家酒店游泳池前，我没多想就进去了，我也想见识下到处留痕的波希米亚风情。

晚上我又去房东家聊天。阿雷娜家院内正给住户装网络天线，白天钻机声尖锐，华灯初上，她开始声声抱怨。这栋大厦是阿雷娜家的祖业，从 1948 年逃亡到法国，后又到南非定居至柏林墙倒塌，东欧天鹅绒革命后，1991 年她持南非护照返回了开放的布拉格。阔别四十年后重返家园收回祖业，听上去是一件幸事，可是阿雷娜对捷克、对布拉格的抱怨实在太多。一个七十六岁老人对自己祖国的嗟叹，我没资格评判。现在听到她问：“下午去哪里玩了？”我说参观了“克格勃博物馆”了，她没有表情地说：“哦，那可是件大玩意儿。还去哪儿了？”我说，去游泳了。没想到她马上反应鄙视：“你去的是那个在哪儿哪儿的丑陋游泳池吧？”丑陋？我倒没想过这个词。这游泳池的确是我去过的各国游泳池中，最有特色的一个：从入门起按分钟计费，迫使所有泳者都以比诺什的姿态从更衣室出来就直插泳池。池内不划分泳道，让泳者们鱼贯相汇。浴室男女不分区，同处淋浴，男女性均允许不遮掩生殖器。不规则的身体们在莲蓬头下坦然冲洗。在此昏蒙的世界，没有人花心思对别人苍白丑陋的身体瞟一眼。

难道这个算色情和丑陋吗？这是布拉格文化的根须啊，这是布拉格、波希米亚的营养器官啊。

17/11/2015

饮一杯维也纳，咬一口土耳其

我和广州来的亲戚去街上咖啡馆饮一杯，坐下很久侍应生才慢吞吞地过来问，要喝什么呢？亲戚不看餐牌，见旁边有人正饮一杯半白半黑的东西说，我就要那个吧。伺候生问：您到底要哪个呢？亲戚用广州话答：“康宝蓝”。我还没听明白，法国人就懂了：好，一杯 Con panna。讲意大利话呢。我未听过这个像清补凉的饮品，凑上去看清楚杯子，这不是叫“维也纳咖啡”吗？一块正在融化的奶油浮在浓黑咖啡上，法国人把热的叫做“维也纳咖啡 Café viennois”，冰的叫“烈日咖啡 Café liégeois”。

又回到五百年前的陈事。1683 年 7 月，奥斯曼帝国十七万人的军队先围困、后攻打维也纳，史称“土耳其的扩张，发动对欧洲的进犯”。维也纳城十三万罗马帝国的守城军、城内五千市民、奴隶被困两个月，到九月已经粮尽水缺，9 月 12 日，由波兰国王统帅的大军团赶到，第二天就击败了土耳其军队。这段历史后来被意大利、波兰和土耳其都拍过电影，你拍一部“高大上”，我就拍一部“伟光正”，大家都把维也纳黑一顿。我们不要当真，历史电影都有点神棍，但当年奥斯曼帝国的土耳其军队有多厉害，我们可以听莫扎特《A 大调第十一号钢琴家奏鸣曲》发挥想象，这首奏鸣曲就叫《土耳其风回旋曲》，可见一百年后的奥地利皇家乐师还受“充满东方风格的土耳其”的影响。贝多芬歌剧《雅典的废墟》中最为著名的、被广泛流传的 Op. 113 第四号，也被称为《土耳其进行曲》，尽管音乐史家认为欧洲大师们的音乐和土耳其传统音乐没有关系，但“土耳其旋风”当年之强劲由此可见。传说维也纳战役胜利时，维也纳面包糕点店的师傅做了一种像土耳其旗帜上那个弯月形状的牛油包，让奥地利人民每天早上咬一口泄愤。1770 年奥地利公主玛丽・安东尼奈特嫁到法国。既然成了路易十六的皇后，她顺便也带入娘家人的“新月”牛油早餐包，之后法国面包师就做“新月 Croissant”在法国当早点卖。我们现在吃的这个牛油“可颂”，就是那个“新月 Croissant”。当年维也纳面包店的师傅们是早起之人，等于值夜更的哨兵，夜袭维也纳的敌人最早被面包师傅们发现，拉响全城警报，于是现在欧洲，特别在法国，糕点的名字都被笼统称作“维也纳人”（viennois），今天去面包店开口要个“维也纳人”，店员就介绍托盘上的各种奶油面包和糕点。可见维也纳护卫、坚守欧洲的门户是事实，起码法国人就没有忘记，现在还沿用各种每天都见得到，吃入口的糕点和奶咖做纪念。

不过，情况到了 1914 年 8 月变了。德国害怕受俄罗斯和法国两边夹攻，决定先下手为强击败法国。打法国的捷径得先拿下比利时。当时比利时脱离法国和荷兰独立建国不久，正打算好好过自己中立国的好日子。德国 8 月 3 号冲入比利时境内，在被称为“咽喉通道”的列日（Liège）要塞，打响了第一次世界大战的第一场战役。没有人预料比利时会反击，还反击得这么有效，比利时军队在列日要塞顽强抵抗了十天，德国伤亡惨重，十万士兵损失了四万。8 月 13 号以德国战胜结束，但比利时虽败犹荣，协约国把“列日之战”视作一场精神上的胜利，因为它给法国的防守争取了时间，并向世界宣传了“国家古老的信仰和责任仍在战场上”。法国当年给列日市颁发了“法国荣誉军团勋章”，法国国内咖啡馆的老板们纷纷响应，应时发明了一种冰冷的“列日咖啡”（Café Liégeois）做爱国宣传，镇一镇那个热乎乎的“维也纳咖啡”——维也纳其实已经变成德国的“奥匈同盟”。

这都是咖啡馆那个可爱的侍应生讲的故事，我们也不追问真假。原来饮咖啡和吃蛋糕都可以这么有文化哦，真是亮瞎眼了。我一直以为“烈日咖啡”是香港人发明的冷饮，只用来镇八月的高温。

10/10/2015

有点扯的浪漫

在法国外出不是时时都那么方便，想在机场火车站门口临时停个车，现在已经不是一件容易的事，人必须留在司机位并尽快离开，如果像以前那样，找个没人注意的角落停个把小时，很快就会有宪警把车吊走。我有次在火车站去商店买个纪念品，把行李搁在门口排队交款，店员马上大声找主人，我反应不及时，店铺马上被警戒线封锁，不让人靠近我那个毫无危险的行李。几分钟内，警戒线越拉越长，好在我回来了，否则可能连车站都被封，尴尬极了。无论有何种政治解释，法国人的日常生活今天确实被打搅了。

这个星期天我在巴黎赶火车，出门搭地铁晚了，只好叫出租。一上车我很内行地叮嘱司机，师傅请走地面不走河边隧道！因为巴黎新规，隧道每到星期天都会关闭，让给浪漫的巴黎人沿塞纳河踩单车了。可车一到地面，司机和我都傻眼了，路面都给裸女们塞住了，全是争取“裸露上胸，两性平权”的女人在大游行，说今日全球有六十个城市在举行这项活动。司机看见我们抓狂，同情地说：你们亏大了，在巴黎赶火车，时间不能省成这样啊！他半路掉头、转道、横插窄巷，在最后三分钟把我们送到火车站。我感动得给他一个大拥抱。同伴笑我，你浪漫得有点扯了。我浪漫吗？塞纳河边的快车道在密特朗时代开辟，就是为了让经过塞纳河边的驾车人可以近距离欣赏河水，这才是浪漫。巴黎人很快又抱怨，让它走汽车的话，阻隔了行人靠近河岸欣赏河水，破坏人文感情。于是希拉克时代立了新规，凡星期天都关闭这条汽车快道，只供自行车通过，这才是浪漫。我们和司机大叔今天在法式浪漫中抓狂，我们才不浪漫。

提到法国，中国人首先会想到浪漫两个字，但你问任何一个法国人，他就莫名其妙，浪漫是他们经历过的一项社会运动、一个哲学概念、一种文学形式、一道画派，这些名称的发源地都不是法国。法国人脾气不小、动不动就跳脚，我有过几个不同国籍的老板，就数法国老板脾气大，来脾气时不啰嗦，一句话就发飙走人。法国人特别擅长以“走人”的方式来发飙，不给对方申辩的余地，法国男女都是发飙高手，浪漫吗？法国女人在仪态上特别讲究，心思花在怎样以与众不同地优雅呈现自己，对出入的行头要鸡蛋里挑骨头，把颜色像实验室做亲子配对那样分配好，再轻描淡写地穿上身，但是这些，外国女人多花点心思也可以做到是不是？法国男人都会调情，同一组词，不同的法国男人用来哄女人时，以他个人性格和经验，把那句话创造成唯他独有的那个风格。日长月久，那风格就成了他的个人香水，私家红酒。但是这些，外国男人多花点心思也可以做到。

我来法国前，为应付法国的浪漫做过准备：读塞林纳《黑夜尽头的旅行》、读普鲁斯特我永远搞不清楚的词句、读莫罗亚关于非洲的短篇小说——讲法国总督的女人在直升机遇险时对丈夫忏悔的故事什么什么的，还往耳朵猛灌香颂 *Chansons*（法国歌曲）：皮亚芙的、Charles Trenet 的、Henri Salvador 的、Apollinaire 的《在米哈博桥下》，公道说，法国香颂每一首都是浪漫的。

席琳·迪翁那首《如果足够爱》（*S'il Suffisait D'aimer*），你听歌词：“我梦见他的脸，我拒绝他的身体 / 然后我想象他住在我附近 / 如果我知道该如何启齿，我会有很多话想对他说 / 如何让他读懂我的心思”“在孩子的花园中，在鲜花的阳台上 / 我平静的生命听到周围心跳 / 当乌云迫近，预示不幸 / 什么样的武器能护卫我们恐惧的家园”。

塞日尔·雷贾尼的《狼群进入巴黎》（*Les loups sont entrés dans Paris*），你听歌词：“男人都失去了品味，他妈的所有生活品味 / 他们的母亲、他们的兄弟、他们的小女友 / 对他们来说，就一大电影院 / 天空变得狂野 / 具体说吧，就是一栋栋水泥柱吃掉了风景 / 嗷嗷，狼群靠近巴黎！从克罗地亚、从德国，迷人的埃尔维拉 / 嗷嗷，狼群注视巴黎 / 只要嗅到盛宴，那战场上的死亡，一旦恐惧满溢街头 / 嗷嗷，狼群进入巴黎！”。

这些法国香颂，你听它的歌词就是上一堂备战课。《狼群进入巴黎》写于 1968 年，《如果足够爱》写于 1997 年，从 1970 年到 2000 年，这三十年，是法兰西在全球状态最佳的三十年。太平盛世写下的这些歌曲，法国人警惕性是不是太高了点，浪漫吗？

11 月 29 号的这个星期天，巴黎因全球气候会议的安全原因，临时立规：禁止市民上街集会。好了，不知道新规的巴黎人犹可，知道新规的法国人都跑到共和广场，在那里摆上自己的鞋子，这鞋子和“巴黎展览”“共同环保”的标语摆一起了。外国人是看不明白的，环保和摆鞋子有什么关系？只有法国人自己清楚：遵守市政厅法令不上街游行，我们只派遣我们的鞋子去。广场上一行行摆着不同牌子、不同号码的男鞋、女高跟、长短皮靴，每一双都个性十足，像一副平和的灵魂沉默地微笑，场景壮观。市政厅第二天扫了近四吨重的鞋子装入垃圾车，星期天逮捕了三百多人，不过第二天就全部放了。“除非我自己，没有别人可令我屈服”，如此就能一呼百应，是我见识的法式浪漫。

06/12/2015

就餐是一道节日

聚餐吃饭是一个正经事。在法国聚餐吃饭，对很多中国人来说是件苦事，想不到吧，吃法国人的饭有两个苦，一是总感到吃不饱；二是吃的时间太长。在法国人家寄宿过的中国学生都有一个经验：开餐时端上一个铺着几件薄熏肉片的碟子，轮流给一桌子人分，每人谨慎地挑一件放在自己的碟子里。主菜也仅仅是一盘烧土豆。对那些一顿可以吃一整只鸭的后生仔，这些法国菜还不够塞牙缝，离开餐桌还要到外面买零食充饥。不过去法国餐厅吃饭又是另一回事，整顿饭吃的时间特别长。所有法国餐厅的惯例都是吃饭时间很长，从头道到甜点，

法国餐厅内的墙饰。

要逐件上，逐个碟子吃完。法国餐厅座位之间的空间又特别窄，等待每道菜之间，吃撑了的那个人，连站起来透口气的空间都没有。法国人又喜欢讲话，好像两个人面对面时沉默就显得没礼貌，必须找个话题，连讲带吃，去一趟餐厅，没有两三个小时下不来。

所以我听到法国人抱怨不想一个人吃饭，认为单独就餐是件苦闷的事时就很理解。我原以为人饿的时候能单独面对美食，该有多自由，抓着红烧猪脚躺沙发上喝啤酒，想怎样就怎样，还抱怨什么。我一个在法国的表兄，从来不肯单独就餐，晚上下班回家，如果没有妻儿在餐桌前等候，他就不吃晚饭直接上床，所以他们家老婆孩子无论怎样都要等他回来才开饭，还要耐心倾听他在餐桌上诉说一天在外头的漂泊，工作上的烦事。他们家要等人齐才举筷，成了吃饭的规矩，这个规矩避免了他们家任何人在厨房孤灯下闷声填肚子，避免独食这件心理上的悲苦事。

我们家有个老租客，最近他退租，我们把房子重新装修时才发现住了二十七年的单身租客，他的厨房只有一只微波炉，没有灶头炉火。老租客是文化人，四面墙壁连厨房都挤满书架，好像他长期把书当饭吃，以半条面包、几粒炒花生充饥。但一个人能在没有灶头的房子住二十年，可见一个人的做饭的悲苦，不设厨房也罢。还有人觉得一个人上餐厅也是件古怪事，似乎说这个人孤独得没有朋友。确实，“食”实际上是一种态度。终于，前几年阿姆斯特丹有人开了“独食”餐厅，据说是为那些以“独食”为耻辱、宁愿不吃饭也不一个人吃的孤独者特别设计的。餐厅所有桌子仅设在一个位置，让孤独者看起来不那么异类，使他们外出时没有被他人孤立的感觉。继荷兰人发明“独食”餐厅后，纽约、伦敦、柏林都陆续开了，不过就是在法国行不通。独食餐厅没有市场，法国人觉得就餐是一个节日，如果你一个人过，孤身一人，你还过什么节。

有时我也想，能用一两句话概括什么是法式生活艺术吗？法国时装设计师卡斯泰尔巴雅克（Jean-Charles de Castelbajac 1949—）这样说：法式生活艺术其实是一种“态度”。他这个时候就举了吃饭的例子：外国人不明白街上的法国餐厅里一堆堆的法国人花那么长时间吃饭。是的我们都不明白。时装设计师说：法国人把时间花在吃饭上，表示这个时候法国人是“停下来”的，什么东西停下来？“征服。”法国人吃饭时表示他们不“征服”了。一个人什么时候可以停止征服？是在他征服了自己的时候。

人得要先征服自己。卡斯泰尔巴雅克在北非的摩洛哥出生，六岁返回法国读书，二十一岁创立自己的时装品牌，我们对他把法国名著《小王子》的头像挂在时装模特胸前很有印象。如果说色彩能表达人的情绪，那卡斯泰尔巴雅克就是一个具有乐观精神的设计师，创造了以色彩风靡世界的浮华空间。他把吃饭解释为人征服自己之后的休息和庆祝，很有意思。

23/12/2015

皇室和他的牛毛

在法国南部山区的一个暑期度假营地，晚上篝火边围着一群二十岁出头的学生。我看到有个丹麦人和一个法国人在侃大山，两个人用竹枝插着小孩子才吃的棉花糖放到火里烧融化，嘴对着瓶子喝啤酒，这两个人不是想吵架，但说着说着两个人的声音都大了起来。丹麦学生会讲法语，满头金发。法国学生头发是深褐色，皮肤也不白，总之两人的外貌都很有自己民族的特征。听到法国学生问：你们国家的皇室放弃专制，现在是一个骑单车皇室，为什么还保留皇权，还君主立宪？丹麦学生说：这是我们的历史传统啊，从君主专制到君主立宪，我们没有经历流血，你不觉得是一个值得骄傲的皇室吗？法国学生摇头：值得骄傲吗？在大革命前，法国国王权力集中，人民没有发出自己声音的自由，欧洲历史浑噩无奇，是法国大革命给予刺激，社会形态发生了史诗般的转变，我们走到今天的共和世俗，我们的脚步比你们走得快吧？丹麦学生不以为然：砍皇帝头那是你们法国人的选择。丹麦皇室在法国大革命的风暴冲击下，显示出超凡的适应力，随机应变，转危为安，获得人民的认同。她的合法性来源于历史，我们很自豪有一个代表国家形象的君主。法国学生说：你们的皇室今天实际上只扮演国家礼仪的角色，我们不需要这个角色。丹麦学生说：不是你们不需要，而是你们没有。法国学生说：虽然我们没有，但我们很自豪。丹麦人就不说话了，反正再重复都是这两句。两个人脸上都挺自豪的，一个是因为有，一个因为没有。

皇室的影响力，我亲眼见到过。有年去英国探望朋友，他是销售很好的《每日邮报》的专栏写手，专门撰写逗笑的历史段子，每天一段。他平时采风采料忙得很，那几天却闷在家里休息，我就坐很远的火车去乡下的家看他，问他为什么不上班了？因为威廉王子的儿子出生，英国报纸几乎全部版面被占，历史段子再逗，也顶不过一个软乎乎的皇室新宝宝，专栏被通知停更十天。影响力就是软实力啊。

离法国最近的皇室是摩纳哥王室。我刚到法国南部的第一年，无意中和一个摩纳哥王室做了邻居，我女儿和她女儿同上一个幼儿园，现在算起来我和她相熟了二十年。现在无聊时也问她一些杂志看来的八卦，她真的会件件跟我确认：这是假的，这是真的，这个我就不知道了。摩纳哥王室的婚宴嫁娶她必须出席，回来就给我看录像和照片，解释这是谁的儿子，嫡出，排位第几，这是谁，庶出，他算最有教养——皇室的琐事细节，被她这样向外人数，我有点匪夷所思。

有一次在巴黎，那座有名的沙隆公墓，在“法国的南丁格尔”——玛丽·德米里贝儿的墓地、马尔罗情人——记者乔赛特的墓地、大仲马婚外情儿子的儿子——作家杰拉德·鲍尔的墓地、上世纪电影明星皮尔·布兰查德的墓地、极右派作家布拉西雅克的墓地之间，我正逐个细看时，一位体态轩昂的老人自动走近，认真地问我：今早布拉西雅克墓上新鲜的花是您挪走的吗？我说不是，问事出何因，就引他讲了很多老故事，几乎每个墓地他都逐个介绍家族史。最后我们走到一座古典卧榻般的墓地前停住，他跟我说，这是他的墓地。看出我有点迷惑，老伯伯说，是啊，我已经为自己选择好墓地了，我的故事更复杂，您知道 1035 年立国的阿拉贡王国吗？ 1137 年阿拉贡拉米罗二世的女儿和巴塞罗那伯爵联婚，导致阿拉贡王国和加泰罗尼亚合并，不久征服了巴伦西亚、西西里和撒丁岛，成为地中海基督教强国，中世纪征服了那不勒斯，版图扩大到意大利半岛。后来阿拉贡王国费迪南二世和卡斯蒂利亚的继承人伊莎贝尔结婚，两国合并，成为今日西班牙的主体。您看阿拉贡家族的名字，他指着墓碑：这个是我，贝朗杰（Raimond-Bérenger IV de Barcelone）王爷。

那个时刻，我又惊又疑，像暮色中看到飘然而至的幽灵。那几天法国正热议西班牙东北部富裕的加泰罗尼亚地区，为争取独立分离出西班牙要举行的一场游戏式的公投。我问：您对加泰罗尼亚的独立有看法吗？他爽朗一笑：当然有看法，不过不关我的事了，我是一个法国人。

“皇室后裔多了去了。阿拉贡王国在 18 世纪初就烟消云散。但我们，仍是阿拉贡皇室的人。”

我眼睛瞪得大大的，看着贝朗杰王爷用手扫一扫墓碑上自己的名字，一笑：皇室是一头牛，我们是他身上掉下的一根毛。

23/10/2105

谁想做历史的孤儿？

和香港老友电话聊天，每次煲电话粥都是关于香港的往事和近事。说起不久前的国庆假期，一个内地朋友给她打电话，说过几天自己女儿和其小男友会来香港买订婚戒指，血拼扫货，顺便给她带点土产。那朋友当场也把电话塞给女儿，让跟香港阿姨打个招呼，说好到港后会和阿姨见面把妈妈的礼物给她。可是在内地小女预计到港的那些日子里一直没联系她，让她等了一周，临假期结束她手机才收到信息：我妈送给您的礼物放在酒店，请阿姨凭手机号码前往领取。于是我朋友就去取了，看到一个巨大的品牌化妆品包装袋，里面装着一包内地特产黑枣点心。她打电话先谢谢老友一番，老友答，不用客气，有时间回来大陆玩玩，现在这里的生活好多了。我朋友手里捧着七转八转过来的大陆心意，当场无语，心里很不是滋味，这些东西在香港每个街角都可以买到，老友却花心思花钱，还麻烦了孩子，我心领了，可是人家小女会怎么想，她可能刚花上万港币买名牌化妆品，你们香港人就穷成那样，一包几块钱的土产还让我带来？朋友说我脸热啊，怪不得人家小女不愿见我了。

我很不以为然，不就几粒黑枣点心，值得解读出那么多内容吗？不夸张地说，我香港的远亲近友，有一大半是“文革”前后入港的人士，他们不在香港出生，不在香港受教育，严格意义上不算原装香港人。香港这座城市从繁荣到平淡，略读史书，可知香港人的优越感和失落感，原因都归于历史。

台湾有个曾被誉为“最会讲故事的人”的作家吴念真，《老莫的第二个春天》的编剧，他有部写自己年轻时的恋爱故事的电影很出名，是侯孝贤拍的《恋恋风尘》。他还有一部不那么出名的电影《多桑》，《多桑》里，吴念真写的是自己的爸爸，一个台湾矿工的故事。

从 1895 年《马关条约》的签署到 1945 年日本投降，

台湾被日本统治五十年。吴念真的爸爸出生在日据时代，那代人完全接受日本非常严厉的一套教育，“只要有人问他，你今年几岁？他都习惯说，我是昭和四年生的”，几乎就是一个日本父亲。仅保留了中国人传统，就是不懂得怎样跟小孩子沟通，吴念真“一辈子跟爸爸讲的话不超过两百句”。日占时代的台湾人，受过高等教育的，只会讲日语和闽南话，国语是后来学的外来语，所以遇到严肃一点的话题，那些从早稻田大学回来的台湾人要先用日文想好答案，然后翻译成中文。他们说的“睡觉晚一点”通顺的中文应是“晚一点再睡”。多桑是一个从小在日式环境长大但从来没有享受过殖民利益的矿工，自始至终对日本保持暧昧的幻想，电影中“新政府没那么好，多桑宁愿怀念已经跑掉的妈妈！”最后多桑因为矿工职业病“矽肺”，就是肺尘病去世，骨灰终于被体谅他日殖心态的长子，带到他生前朝思暮想的日本。画外音以“多桑终于看到了皇宫和富士山，是日，东京初雪，多桑无语”结束。事实是，父亲去世后，吴念真有次要去日本改许鞍华的剧本，妈妈说，你爸爸一辈子老想去日本，你要不要顺便带你爸爸去。于是吴念真把爸爸的照片夹在一叠冥纸里做灵位带去。飞机快要降落东京时，看到夕阳下的富士山，吴念真赶紧从行李中把爸爸的照片掏出来，冲窗户说：爸爸，富士山！富士山！旁边有个外国女人追问怎么回事，吴念真坦白告诉她，是我爸爸的灵魂，他从小受日本人教育，很向往日本，渴望看到富士山。过海关时这堆怪怪的冥纸又跑出来，吴念真用英语跟日本关员解释台湾的历史，说我爸爸一直想看你们的富士山和皇宫，他去世了，这个呢，是他的灵魂。日本人听了，当即做个九十度鞠躬，看到此景，吴念真第一次对日本的教育有点敬意了。

《多桑》这部被批“主题先行”的电影可以说是被日本奴化过的整一代台湾人的故事，这代人接受的只有日本教育，脑袋服膺的全部是日本、日本、日本。到了政权交替的历史时刻，幻想与现实造成了巨大落差，他们弄得清楚自己的身份吗？分得清楚自己的文化归属吗？他们慢慢就不清不楚地辞世了，全都走了。我们无法代入他们的位置思想行事，“我们不能站在自己的立场上说：不，你身为一个汉人，应该怎么样，身为一个中国人，应该怎么样。不可能的。”

吴念真每提起父亲那一代人，“你不觉得他们是一群历史的孤儿吗？”

法国哲学家帕斯卡尔说“人是一根会思想的芦苇”。一个人在历史的风浪中显得无能为力，但思想是人的全部尊严。三十年河东，三十年河西，历史总是此一时、彼一时地重复，一根芦苇，就不要自己跟自己过不去了。

15/10/2015

马赛教堂博物馆的指示牌。

多了就不值钱了

在街上一电灯柱上，我看到贴着新小说《幸福的另一种思路》的广告，书名十分“鸡汤”，作者是马克·列维（Marc Levy 1961—）。我走远几步，又见到同样一张新书广告，最后走了整条街到达广场，都是这个鸡汤广告贴满大街的电灯柱和广告板。现在如果问，在世的法国作家中，谁的作品最畅销？最大的几家出版社肯定答这一个名字：马克·列维。没有例外。

马克·列维是法国文坛的“销售王”。去年费加罗报统计过，马克·列维连续十二年居畅销作家流行榜榜首。他写过十五部小说，销售超三千万册，几乎每本小说都售出超过一百万本。书店这样形容：卖马克·列维的新书，第一年的销售速度是“每三十秒卖出一本”“每六十个人有一个人读过”。目前马克·列维所有的小说都被翻译成了几十种外文，翻译成中文的就已经有十本。台湾模特和歌手，据说还是作家的吴佩慈和电视主持人小S她们俩，在介绍马克·列维小说《偷影子的人》时，还真哭了，可见马克·列维不单偷影子，还偷心。上海粉丝在推销《比恐惧更强烈的感情》这本书时，在书展上见过他，欢天喜地称他“老马头”，不过马克·列维没那么老，他属于60后，1961年出生。不过这个法国作家不在法国，他长期住在纽约。

这样的作家很合我意，关起门来通宵达旦地编织故事，每年一本接一本的出新书，然后提个名牌行李箱满世界飞去见粉丝。面对来自巴黎法兰西主流文学圈的犀利讽刺，他才不在乎呢。他们称他是“沙滩文学”“糖浆一样的小说”，这些尖刻的话跟他没一毛钱关系。说老实话，既然做了作家，谁不想自己的书卖成马克·列维的那样呢。

去年有一天，在书店设在门口的新书架上，我看到让·路易·傅尼叶又出了一本新书，书名叫《太多》。

马克·列维的故事都有超级想象力，好像在某些时刻总会有特别微不足道的琐碎事让人感到异常幸福，于是人生那一刻就被照亮了。而傅尼叶没有这个功能。傅尼叶是超级的黑色、超级的幽默，中国读者最熟悉傅尼叶的是2008年获得费米娜奖的《爸爸，我们去哪儿》。我是傅尼叶的粉丝，他的书我都买，而且一买三本：一本入书架当装饰，一本搁茶几上当消闲，一本随时送人做礼物。这次这本《太多》看上去有点古怪，它的封面是一个大字：太多（Trop）。“太多”放哪国语言里都不是个好字，果然扉页只有一句话“多了就不值钱了。——约哈·德·内瓦尔（法国19世纪浪漫主义诗人）题”，第二页是花花绿绿的一张纸，看清楚，是“太多”这个词填满的，把一张白纸变成花纸，这种挑衅的、明摆着忽悠人的纸，在书中前后中间都夹了几页。傅老头这次，幽默得高级黑。我自动跑上去中枪，欢天喜地掏出十六欧元，买一本回来搁茶几上摆着，两年过去了还没翻开看。

今天看到马克·列维的新畅销书广告，我想肯定又会有人哭了。我捡起茶几上傅老头的《太多》，你看他怎么写的：

“我有太多杂物，我决定扔了它们。我必须去买垃圾袋。去到商店，有不少尺寸挑选，20公升、25公升、30公升、50公升、100公升、130公升、150公升……”

“有各种功能可选择：花园用的、橡皮筋扎口的、双层料的、运输的、储存的、防漏水的……”

“有保护垃圾桶用的垃圾袋可选择：让垃圾桶保持干净的……它颜色又有几种选……可惜，没有一种颜色适合我的垃圾桶……”

“我要扔的杂物包括一个没有用的垃圾桶，我想把它放垃圾里，但是不可能，法国的清洁工是不扔垃圾桶的。”（《太多的垃圾》）

“他给我看他8G的U盘，指甲大的一块，普通信用卡那么薄，他说里面可存八千本书，全部可揣进衣袋里。真是进步了啊，五十年前得开一卡车去图书馆取。他又给我看另一个U盘，这里可以下载两千首歌，搁衣袋里。又进步了啊，五十年前这堆唱片也得一卡车来运吧。他又给我看一个硬盘，这里存了一千四百部电影！他说去旅行一周，带两只U盘、一只硬盘就足够了。我心里给算一下：一个星期，他每天可以看一千一百四十二本书、听二百八十五首歌、看二百部电

影……我年轻时出门一周，只带一顶太阳帽和一本袖珍版的书哦。”（《太多的文化》）

看看傅老头这本《太多》的目录：“太多的报章——七万种期刊、二千五百种日报”“太多的电台——一万三千五百个频道”“太多的书——每天出二百本”“太多的牙刷——十米长的货架”“太多的药——四千六百种特效药”“太多的屏幕——每家五台”……

翻到最后一页，看到封底一行字：一本多余的书？

被傅老头忽悠了，跪哭。

05/10/2015

酷哥还是以前的酷哥

1986 年法国出了一部又黄、又疯狂的电影《清晨，三十七度二》。那年我在珠影和两个导演立刻就看了。拍《绝响》的张泽鸣和拍《青春祭》的孙周，这两位是当年的电影新锐，每天都琢磨为转型时期的国家做艺术贡献。那时，我对法国电影没有概念，比如这部很黄很疯狂的电影为什么叫“三十七度二”，导演们给我启蒙：是女人歇斯底里时的体温。我对电影男主角很难忘，一个白天漆房子、晚上写小说的油漆工，女友认定他是天才，毫无怨言地给他打手稿。出版社不接受稿子，她就上门泼人家油漆。她还用火烧对她男朋友不好的老板的房子，在餐厅打杂工时，她在她不喜欢的食客的比萨上吐口水，她对所有伤害她和她男友的人，一律给予疯狂的回击。她还喜欢光着身子在阳台上晃，蔑视一切琐碎的文明礼仪和道德规范，她是一只坠入凡间的疯狂天使。电影最后，绝望的油漆工潜进精神病院，把疯掉的女友闷死在床上来“彻底解除世界对她的伤害”，他最终也成为了一名作家。

演油漆工的，是让·雨果·安哥拉德（Jean-Hugues Anglade 1955—），作为一个年轻男人，那时的安哥拉德，外貌举止都算是属于我们平凡人的那种：心存顾忌地渴望着自由，时时提醒自己社会规则不逾矩。电影改自小说，原小说作者迪昂是个文艺愤青，是二战后出生的法国作家，喜欢在自己的作品中安插谬论般的对话，比如：“一开始就给生活既定目标的，无疑是给链条打结（《三十七度二》）”“拖家带口会让人变得焦虑、依赖、脆弱和偏执。单身汉生活会让人变得自私、麻木、与世隔绝、废物一个（《户外》）”，这种又入世又厌世的文艺腔调很容易被热捧。实际上这些角色却十分符合安哥拉德，他体格不但不威猛，还像个孱弱的中学生。安哥拉德他或者不开口，或者以最低的声音开口，对方不集中精神看着他，就不知道他说了什么。安哥拉德也不是硬汉那种英雄面孔，他的角色都像为他特制的，于是就特别有型了，他的台词也随之备受人们的崇拜。卢比松的电影《女囚尼基塔》（Nikita）中安哥拉德演超市收款员，他爱上特工尼基塔，尼基塔在他的保护下逃出安全局，安哥拉德一副不知死活的小市民样，眯眼吐烟，这样回答安全局头子："她已经被你们榨干了，还不够吗？"在《三十七度二》里，他追到医院找女友，护士问他要身份证："你是她丈夫？""不是。""是她家人？""不是。""那你是？……""除了这两样，我都是。"安哥拉德演的男人，都没有高深的思想，但是只要一到紧要关头，他就会有效出击，重拳出手，完全超越了普通人的谨慎平凡的人生。1994年安哥拉德和阿珍妮演的《玛歌皇后》打动了评委，获凯撒配角奖，之后，安哥拉德在退出银幕，酷哥不再出现了。

今年8月21号，一个二十六岁的摩洛哥人在一列从阿姆斯特丹开往巴黎的高速列车上，伺机对无辜群众实行恐怖袭击，他在厕所上枪膛的声音引起旁边几个内行人——美国大兵的注意，兵哥们在他出门举枪射击前扑了上去，徒手把他压在身下。这件事确实恐怖，当事者称乘客们脸色煞白，女人们发出尖叫。过后人们谈得最多的是三个快速行动的美国兵哥，还有一个定居法国的六十二岁的英国人。现在我们才知道，原来今年六十岁的安哥拉德一家也在这节十二号车厢，他赤手打烂警钟，跑到乘务员的工作间捶打叫门。事件平息后，安哥拉德个人投诉铁道公司，说十二号车厢的乘务员在危险时刻反锁工作间的门是不顾乘客生命安危，说这件事让他以后不会再低调躲在银幕后面了，“不须多想，立即出拳”“看到死亡临近，与其坐着等死，宁可冲上去搏死”。第二天安哥拉德就上了电台，号召那些“低调的”法国平凡人。

29/08/2015

在法国被神偷滋味

好多年前，在广州火车站我被扒过一次。那是我排长队买火车票去佛山，排了半天到窗口一看背包链子被拉开，钱包飞了，里面的宝贝都飞了，脑袋瞬间一片空白，只看见周围人一只只同情的眼，同情是很短暂的，后面的人就把我一推，挤边上去了，我瞬间崩溃了。崩溃的感觉，我记得一辈子。

我朋友从美国来，经伦敦飞到巴黎带俩孩子参观博物馆，结果在巴黎住了三天，两天被偷，第三天整个上午去警局排队报案，下午就奔机场返回美国了。

中国人来欧洲旅行，以前先学两句外语，现在先学

“防偷”。在法国和意大利，身上放多了钱的同胞十个有五个被小偷光顾过。好像这俩国家都是“贼横天下”的感觉，好像你没被偷过，你就不算来过法国和意大利。

巴黎街上的酒吧咖啡店，座位在门口一字摆开，面对马路，像看大戏的观众席，不少椅子摆在人行道上。这天我和瑞典来的妹妹妹夫三人并排坐椅子上，喝完咖啡结完账准备离桌时，马路边来了三四个一拉二的小“罗姆”（Roma)，最大的不过十一二岁，走到我们面前站住，举起一张污黑的烂纸，我好奇，伸头一看上面是为国际残疾儿童基金会募捐，这几个小孩子就开始推搡我们，结束后撒腿就跑。我正奇怪怎么又跑了，旁边的妹妹眼一瞄，桌子上我们仨的相机、手机、找回的零钱全飞了，她动作快，一脚踢开椅子，像运动员冲刺，几步截住了小孩子，一臂夹住一个回来，比法国警察还牛，当众搜出失物，全程只用了两分钟的时间。旁人看得目瞪口呆，正是广州话说的“手快有，手慢有”。这件事热气还没消退，次日一早七点，我到香榭丽舍的戴高乐星形广场站，下地铁去里昂火车站赶九点的火车，这时街上行人稀少，地铁站安静，一个杂人也没有，我手拖一件行李，肩背一件行李正下电梯，走到一半，电梯就停下了，我没多想，把背上的包往后撸撸，腾出两手拧着大件走了下半段。走到电梯尽头，前面来了个人，好心跟我说：您的包被掏了。我不相信：谁啊？他指着前面两个刚闪过我身边的小子：是他们，摁停电梯时已经行动了。我拉过背后的包包，哟，链子被拉开了，看那俩小子跑得快没影了，这时我就控制不住啦，包包里有我的火车票！老子今早不坐最近的地铁，把行李拖着走两站到这里是要搭区间特快RER去火车站的，我不顾形象地大叫："给我拦住两个混蛋啊！"这时正巧一班地铁入站，一大群人迎面涌来，有几个西装大汉，像是品牌旗舰店的保安，身高过人，不费劲就把俩小子押到我面前了。这时我还不知道自己到底丢失了什么，一开始只顾着先逮住人再说。俩小子这时也没死撑，开始掏口袋，先掏出一个信封，里面就有我的车票，又掏出一只做钱包的绒布小熊，又掏出我的眼镜盒，这个大眼镜盒像个大钱包，可里面是空的，眼镜我架额头上了，又陆续掏出支票本和几个小文件夹……好厉害，前后就是几秒钟，竟然偷了老子这么多东西，我头皮发麻，小罗姆，服了你了。

现在巴黎，地铁广播每天都在提醒注意小偷，信息描述还很细致，我听到的一次竟然是：请注意了，小贼仔们刚刚登上了第三节车厢！大家这时下意识的互相打量，动作很滑稽，都有点不好意思，不过都习惯了，现在巴黎人上街时裤兜里不搁现金，买一条一欧元的巴戟都刷卡。

被偷、遭盗后去警局报案基本也是白搭。进出警局至少要花两个小时，在医院一样的苍白灯光下和一群像你一样垂头丧气的人坐在一起，同病相怜，也不要指望失物复得。

横行法国的小偷大多是来自保加利亚、罗马尼亚等东欧地区的吉普赛人，被称为“罗姆”。大家了解一下欧盟的发展史，基本可以失望，过去贫富悬殊、制度不同的一片东西欧国家，现在没有了边界，畅通无阻。不要以为所有疑难问题肯定有解决的办法，巴黎罗马猖獗的小贼问题目前就解决不了，巴黎警察捏他们，像重感冒的人擤鼻涕，擤了一把又出一把，无穷无尽。

06/08/2015

看狗仔队八卦有意思吗？

有意思。这是我听到的：

男：你花钱买这些八卦杂志，花那么多时间反复看，看完还跟我唠叨他们，有意思吗？

女：当然有意思！

男：你告诉我有啥意思。你这么关注汤姆·克鲁斯，他换了个老婆、生了个孩子、又跟谁好上了，跟我谈你闺蜜似的，有什么意思？你又不认识他……

女：你说我不认识汤姆·克鲁斯？我认识他二十多年了，他啥时候干了啥事我都知道，我当然认识汤姆·克鲁斯。

男：我是说，他不认识你啊，你那么关心一个不认识你的人，有什么意思？

女：可是，你，你下班回来，不也经常跟我唠叨你那同事，他生了个孩子、换了个老婆、又跟谁好上了，他不认识我我不认识他，你跟我唠叨他有意思吗？！

男：（无语了）

在法国女人排第一，和女人讲话不必讲逻辑，因为她可以把想象中的和另一个人的虚假关系，摆到跟现实关系一样重要。狗仔八卦杂志销量好，可能是女人们的想象力有需要。

我看过不少狗仔队杂志，在诊所等候时，消磨时间是靠矮桌上一叠五花八门的杂志。我有个牙医，他喜欢沾艺术的边的东西，他的候诊室墙上挂满西洋画，茶几上摆着古典音乐杂志；内科医生是个体育迷，他在候诊室堆满足球、网球、跑车、攀岩；我认识一个骨科医生喜欢政治，他供应给候诊的人看《焦点》《快报》《新观察》，左右派兼有，但所有这些候诊室的茶几上，一定还会有花花绿绿的八卦杂志，是供给女人的。

西敏寺举行戴安娜葬礼后的几天，我在诊所候诊室读了一段狗仔队的杂志，内容是关于八卦歌手艾尔顿·约翰（Elton John）。艾尔顿·约翰是戴安娜的好友，这个时刻他抱怨英国没有一个真正的音乐家，大不列颠皇室失去了一位王妃，竟然没有一个大英作曲家贡献出一首送葬曲。艾尔顿·约翰用自己的音乐重新填词，写了《风中之烛——告别英格兰玫瑰》，在葬礼上自弹自唱。狗仔队记者嗟叹，戴安娜毕竟不是玛丽二世，她悲于孤单，却死得适逢其时，正如芬芳的玫瑰，还获音乐强人艾尔顿·约翰赠曲，可谓寂寞中得到了安慰。

看完这份报纸的第二天，我应邀参加暑假的巴洛克音乐节，从剑桥大学来的乐团演奏了亨利·普赛尔(Henry Purcell 1659-1695）的《玛丽女皇的送葬曲》（*Music for The Funeral of Queen Mary*）。普赛尔是巴洛克时期的英国作曲家，在爱德华·埃尔加(Edward Elgar 1857—1934)成名之前，没有一个本土生长的英国作曲家达到他的成就。普赛尔的作品独霸英国乐坛两百年，他吸收法国和意大利巴洛克音乐的特点，创造出英国巴洛克音乐的独特风格。身高一米八的玛丽二世是一个“王中女杰”，1689年为了给“合法性不足”的国王丈夫铺平道路，她和夫婿“双王加冕”

成功登基，史学盛赞他们夫妻共治的“威廉和玛丽”时代。1694年12月28日，玛丽女皇骤然辞世，这令对她依赖甚深的威廉国王一下子成为“地球上最悲惨的生物”。女皇的遗体被放置在国宴厅供民众瞻仰，但时遇寒冷冰封，到次年三月才安葬于西敏寺，她的葬礼首创议会大厦所有王家成员出席的先例。普赛尔受命谱写了《玛丽女皇的送葬曲》，这首只用一支打击乐、两支长号、两支短号演奏的送葬曲，成为流传万世的巴洛克音乐杰作。普赛尔同年骤然离世，年仅三十六岁，《玛丽女皇的送葬曲》就成为普赛尔最后的成名作品。1972年，斯坦利·库布里克（Stanley Kubrick）拍的著名的荒诞电影《发条橙子》用此曲做了电影的背景音乐，《发条橙子》故事本来就又反乌托邦，又十分恐怖，《玛丽女皇的送葬曲》在电影里出现，又吓人又庄严。

巴洛克音乐鼎盛时期的主要作曲家有，意大利的科莱里（Corellli）、斯卡拉狄（Scarlatti）、维瓦尔第 （Vivaldi），德国的巴赫（Bach）、韩德尔（Haendel）、法国的吕利（Lully）、库普兰（Couperin）、拉莫（Rameau），英国的普赛尔，他们全部都出生于工业革命之前的17世纪中叶，那时蒸汽机尚未改良，人们远行只用马匹。今天的人可以连续玩十个小时电子游戏，沉溺于最新的“刷屏”，而可以连续听二十四小时的巴洛克音乐，竟然今天在世界各地都还有……

巴洛克音乐极尽奢华，有礼仪般的庄严，旋律舒缓优美，其克制、其舒缓来自于尘埃落定的灵魂，它的力度，它的情绪，丰富而复杂，一曲之内含有三四个乐章。这些年来我渐享其乐，讲到缘由，真不好意思，是起于早年在候诊室等待时，看到的那页关于艾尔顿·约翰的八卦。

12/08/2015

一个日本绅士

今晚打开电视，碰上放日本电影《七武士》。黑泽明那么受人尊崇，和其他日本导演相比，他有一种东西合璧的表现力。现代人消遣的去处很多，我们已经忘记了要主动找部黑泽明的电影来学习。说起《姿三四郎》《罗生门》《生之欲》《乱》等经典黑白电影，像是爷爷奶奶时代的东西。我今晚也不打算坐下来看这部二百零七分钟的武士长片，但是，当高千代出现时，我身不由己地坐下了，银幕上不懂武术的这莽汉，现实中是个合气道高手，是帅到哭的三船敏郎。

早就有人称："国际的黑泽明，世界的三船敏郎。"

黑泽明一生执导了三十多部电影，二十一部由志村乔主演，十七部由三船敏郎做主角，黑泽明、志村乔和三船敏郎这三个人，是黑泽明电影辉煌时期的铁三角。1997年12月，七十七岁的三船敏郎去世，九个月后，八十八岁的黑泽明去世，这两个老友冤家前后脚驾鹤西去，到这时，日本电影最辉煌鼎盛的时代，从沟口健二、伊丹十三、小津安二郎、本多猪四郎、木下惠介……无奈地落下一道帷幕。三船敏郎一脸瞧不起人的相貌，和马龙·白兰度有点相似；他一脸瞧不起人的气质，和后来的阿尔·柏仙奴有点相似。三船敏郎演过法国电影《红·太阳》，据说阿兰·德龙有次搭飞机，听闻有另一个巨星也在头等舱，走过去看，原来是三船敏郎，德龙当场给三船鞠了个大躬。此事没有狗仔队留下照片，不知真假，但拿德龙这个"敢用第三人称称呼自己"的自负之人说事，可见三船敏郎名声早在日本之外。三船敏郎去世那天，法国晚间新闻头条报道。日本演员去世上法国头条，三船敏郎是唯一一个。

很多人都听过黑泽明和三船敏郎闹翻、决裂的传闻。黑泽明的人道主义巨著《红胡子》1965年拍摄，三船遵导演之嘱，两年中拒绝其他片约，蓄一嘴胡子演角色。

凭这部电影，他获得了威尼斯电影节的男主角奖，回来之后两个人就莫名其妙地缘尽了，分道扬镳，连话都不说了，到底也没人搞清楚事实为何。这两个人，从始至终都是人中君子，君子绝交不出恶声。2010 年上海人民出版社翻译出版了一本叫《等云到》的书，作者是他们两个的熟人，黑泽公司的制作经理野上照代，书名的意思是剧组人员在等光线拍摄时，“借等云过的空隙时光，听大伙聊人生事”，书的副题“与黑泽明导演在一起”。其中有个章节提到黑泽和三船的晚年，他们人生最后一次对话是在 1993 年东宝公司老导演本多猪四郎的葬礼上，当时三船敏郎疾病缠身，面色难看，仍挺着腰杆直立站着。黑泽明见状走过去问：你没事吧，别硬撑。对方答：不要紧。野上照代后来还去看望过坐在轮椅上的黑泽明，向他提到病中的三船敏郎近况，“黑泽明沉默良久，眼睛望着天边，说：‘三船真是好样的’。”由衷的话只掖在内心，老死也不再往来了。到底为何闹成这样，野上照代的书也没讲清楚。

黑泽明在片场上固执、暴躁和偏狭的性格，有不少记载，武士道文化的熏陶助长了他的专横和刚愎，有人认为他不满意三船跑去好莱坞演日本武士，也有说是拍

《红胡子》的两年限制了三船的财路——而三船敏郎本人对这一切，永远三缄其口。

还有一样事，三船敏郎也从不赘言，就是他的中国身世。很难为情，不少“三船粉”根本不知道三船的中文讲得和我们一样溜儿。三船敏郎是在山东青岛出生的，那是 1920 年。他四岁随父母迁往大连，父亲经营了一家照相馆，1938 年三船在大连高中毕业后帮父亲经营照相馆，不久就在当地应征入伍，加入满洲陆军第一航空队，战争爆发后他在航空队做摄影师，到战后 1946 年，三船二十六岁才第一次归国日本。

侵华战争是令日本人羞耻的往事，三船敏郎作为日本老百姓应征入伍，他从来没有发表过任何好战的言论，但也只字不提战争期间在中国土地上的经历。他已经是一位世界公认的绅士，对养育过他的中国，三船敏郎的态度，他的内心，真让人无从考究啊。

01/08/2015

公民的摇篮

获奥斯卡奖的电影《鸟人》（*Birdman*）上映时，我和小女儿去看了。电影讲述人生中确实是有一些重要的时刻，但理想和现实有太大差距。米高·基顿变成大鸟自由自在的飞翔，电影最后他真的飞起来了。散场时我们一度沉默，小女儿忽然问：如果可以选择，你愿意生活在过去还是未来？我不假思索说：当然未来。你想吧，人类在科技发达时代肯定更加享受生活。而她却说：未来科技发达，生产力进一步解放，贫富差距将更加悬殊，富人将愈加愚蠢，穷人将愈加暴力，阶级分裂更彻底，架构将会崩溃，社会会翻一个底朝天。十八岁小孩子此时也神情忧忡，和我谈起那本刚出版的《二十一世纪资本论》，由四十一岁的法国经济学家皮克提所著，论述关于18世纪以来欧美世界财富收入不均的问题，提议设立全球累进财产税系统以促进平等，避免大多数财富集中在少数人手里。

我的小女儿，中学的哲学课成绩总在中等以下，自称学渣。今年到高中毕业会考了，她马上就要迎接第一场哲学考试。哲学考试于法国高中毕业生，无论是文理科、经济类还是艺术体育类都必须经历，而且永远被安排在各类科目中的第一场。我本是法国高中哲学试题的发烧友，但每年拿到试题想试一番，都打退堂鼓：做不了试卷。

法国毕业生哲学试题在国外也被热议。其实法国高中毕业前一年的语文（法文）大考也非常“哲学”，高中毕业后两年的预科大考也很“哲学”。这类哲学题看多了，我渐渐也明白是一个老套子：老师评分有固定的规则，考生答题也有固定的格式。我看到小女儿前几个月哲学模拟考试试卷：“假如生活是美丽的，艺术还存在吗？”她得了十二分，等于中国的六十分，差强人意。翻看她的答卷，首先从题目上否定了“生活是美丽的”，开头对人在生活中的需求、意愿和欲望一一做概念解释，接着解释“艺术”的概念：“艺术是通过人的想象力、技巧和经验创造的，是情感和美的一个过程和结果”，写足足六页纸。当中引用了柏拉图灵魂说的“欲望”，引用了法国文艺复兴时代的庇护神佛朗索瓦一世和米开朗基罗两人的故事，还引用了法国作家路易·阿拉贡的诗歌《断肠集》，十分切题。最后首尾呼应，用“无论生活是否美丽，艺术都应存在”做了结论。答卷从破题、承题、起股到大结，都遵循八股格式，搭架数段，可算完满。但每次九分十分，最多十二分的中下成绩，令她不单没有“思想者”的自豪，还使哲学成了她得过且过、寻求逃避的课程。我相信这样的高中生在法国不少，看到哲学老师进课室他们就脑瓜子发紧，哲学考试实际变成一场必须应付的仪式，如喜宴中嘉宾必穿的礼服。

十八岁是最后的少年、最初的青年，对世事本能地好奇积极，同时反叛好斗。真正的哲学思考，我们普通人极少能够诠释。法国的哲学教育也就有了令人沮丧的时候：得零分的学生总会出现。南京大学哲学系教授胡大平对此有特别见解，他认为中法两国不是教育路径不同，而是对教育整体理解不同：法国着重培养“伟大的心灵”，中国着重培养“有用的人”。培养“有用的人”没有错，但如果自小缺乏“伟大心灵”的培养和滋润，教育会沦为人在市场竞争中夺取有利地形的工具。“哲学”在法国教育中具有统摄性，它被摆在一切学科之上，我们看到的法国中学生的哲学考题，貌似高大上，实际是对抽象问题的现实思考，引导年轻孩子关注的是“意义”，而不单只是“知识”。

近年中国部分省份高考生的语文作文考题也具有哲学意味：“我的时间”（浙江卷）、“回到原点”（广东卷）、“人生的方圆之间”（湖北卷）、“造就和谐自我”（上海卷）。2011 年上海考题“一切都会过去 / 都不会过去”就把犹太王大卫戒指上和契诃夫小说人物戒指上的两段著名铭文相提并论，留给考生广阔的想象空间。大卫王《诗篇》中的哲学主题：尽管生活是彻底的折磨，但长期的思想会建立一座让人内心坚定的罗盘，那才是深刻的福祉，人因而不会为追寻短暂的、受外在环境限制的“幸福感”而错失方向。

当考生被要求“就莫言等作家被挑错别字、他们虚心接受，自选角度撰文”（2013 年山东高考试题）、“阅读刘震云小说《一句顶一万句》节选，计二十五分”（2015年云南高考试题）这些命题时，这是神也不知怎么发挥的试题。出这样考题的老师们，或者是自己偷懒，或者是低估和捆绑了中华民族十八岁少年的智力。

12/06/2015

法国普罗旺斯地区有七百年历史的小巷和民居。

都是一群公知

欧洲电影人里有一群行动力很强的知识分子。比利时有对电影导演达顿兄弟（J-P et L.Dardenne），这两人二十年来的作品，都是以底层人的生活为内容，他们两次获戛纳电影节最佳导演奖，这在戛纳史上少有。1999年拍《罗塞塔》（*Rosseta*）时，他选了一个没有任何表演经验的少女饰演底层人家十八岁的女儿罗塞塔。罗塞塔跟着酗酒的母亲生活在拖车营地，小小年纪不想读书，只想找工作——其实就是“找钱”，找生存下去的物质条件；找男人，也就是“找感情”，找生存下去的精神依托。电影围绕这两个基本生存条件为主线

马赛街景。

展开故事。随着故事展开，失业、贫困、苦闷、崩溃、自杀，命运得不到上帝眷恋，生命根本是一个自暴自弃的过程。这个少女真是顽强，真是勇敢，她每天起床唯一可怜的想法就是：活下去。所以，看到罗塞塔自杀时，影厅里的观众深呼出一口气，就这样解脱了吧，早点结束人生噩梦吧，让我们早点摆脱导演的折磨吧。电影在戛纳参赛那年，同一个奖项同时被提名的电影导演并不少，美国的大卫·林奇、西班牙的阿尔莫多瓦、日本的北野武、智利的罗尔·鲁伊斯……最后还是比利时这部“公知电影”得了金棕榈大奖，这是比利时电影第一次获此奖项，从未演过电影的小女孩获最佳演员奖。当然，这部电影还获当年“天主教人道精神——特别提及奖”——此奖项并不是每年都设。达顿兄弟很谦虚：我们没有想利用电影去改变法律，没有企图用电影改变世界，只希望用电影与观众对话。事实是，比利时政府很快就因为这部电影修改了相关法律条文：保障偏远地区青少年工作待遇，保障青少年基本工作权。增设了称之为《罗塞塔计划》（*Rosseta Plan*）的国家项目。

揭示社会的阴暗面，公知的效力可以将负能量转化成正能量。

法国电影演员文森·林顿2012年演的《有限时光的春天》（*Quelques heures de printemps*）也是一部虐心电影。电影只有两个角色，讲了一对母子的故事：四十八岁的阿伦因生活所迫运毒，被判刑，获释后没工作，被迫和老母同住。因为性格和家庭经历，这对母子不断发生冲突，直到有一天，阿伦发现母亲和瑞士安乐死协会签署的合约，才得知她患不治之症，已经到了末期。电影最后是阿伦开车陪母亲到瑞士风光旖旎的安乐死寝室，孤独、自尊、过分严谨的母亲端起那杯像橘子汁一样的药水，心甘情愿地饮下，在她生命最后的两分钟，这对冤家母子才拥抱上，在生死契阔的门槛上流着辛酸泪拥抱着，倾诉衷肠……他们之前的关系却是相互伤害、水火难容的，活着的每一天都是痛苦，最终母亲自愿选择奔赴黄泉。母亲说："这是唯一一次我自己能选择的，活着时所做的一切都是被迫的！"

面对命运的不确定性，人的心理状态和生活态度在知识分子看来都属哲学命题，是精神层面的选择。今年戛纳电影节，《有限时光的春天》的导演史提芬·布塞（S. Brize 1966—) 和演员文森特·林顿（V. Lindon 1959—）又来了，这次他们带来的电影《市场法》（*La loi du marché*）让文森特·林顿获得戛纳电影节最佳男演员奖，电影也获得了“天主教人道精神——特别提及奖”。

有人把这部电影的名字翻译成《衡量一个人》（*The measure of a man*），据说来自柏拉图的名言“衡量一个人，得看他拥有权力时做了什么”。可是，电影中“拥有权力的人”实际是一个微不足道的保安。他失业已久，好不容易得到一份超市保安的工作以维持房子贷款、养育残疾儿子，当面对在超市偷窃被擒的底层人，作为底层人出身的保安心态复杂，甩手而逃。导演把一份正正当当的保安工作解读成“道德两难”，最后让一个底层人的故事不了了之。

现代社会大部分人的职业实际上没有太多选择的余地，即使初有激情，久而久之都变成一份养家糊口的责任，并借以体面地生活下去：医生、律师、白领、打高级工的、搞清洁的、卖猪肉的、搬运的或超市保安……一个人承担了自己生活的责任，难道还不够获得肯定和鼓励吗？

看完《市场法》《衡量一个人》和《罗塞塔》，我想起另一个法国公知：楚浮（François Truffaut 1932—

1984）。也是个公知，但此公知不是彼公知。楚浮电影中也有不少关于底层小人物的故事，楚浮他让我们看到：尽管人生有无限烦恼，但生活中每天都会出现意外的乐趣，不断地、必定地出现的小乐趣，它值得我们为之活着。

文森特・林顿、史提芬・布塞、达顿兄弟这类公知，算是和楚浮那类公知对着干了。

04/06/2015

三个法国文森

今年戛纳电影节的获奖名单，出乎媒体的猜测。法国有三部电影参赛，开幕式上来了一班主演大明星，杰哈·德巴尔迪（Gérard Depardieu）、卡特琳·丹妮芙（Catherine Deneuve）、伊莎贝尔·于佩（Isabelle Huppert）、玛丽蓉·歌迪亚（Marion Cotillard）……随着一周电影轮放，法国电影评论家把法国的参赛者逐个毙掉。倒是贾樟柯和侯孝贤被看好，特别是贾樟柯，法国人对他电影中的中国故事抱有极大好奇，他的御用女主角赵涛，无论穿高跟鞋还是着球鞋，容貌都有一点抹不去的憔悴，言行小心翼翼，笑容中带着逆来顺受的意味。媒体吹嘘“戛纳电影节从贾樟柯的《山河故人》放映才开始”。

传说戛纳为避免得奖者最后颁奖那天缺席，惯例是会给“可能的得奖者”暗示，让他们留到闭幕式。所以颁奖礼开场时，在镜头里看不见贾樟柯的团队，大家心凉了半截。得奖的结果竟然是被媒体毙掉的法国电影大获全胜。那部没有故事、没有剧本、制作成本低微、用扛着的数码机跟拍了十八天、镜头晃得观众头昏的《市场法》得奖了，戛纳最佳男主角奖让其主演文森·林顿（Vincent Lindon）拿了。

法国演员中有三个名叫“文森”的，他们算男人中的明星，这三个人年纪相仿，现在岁数都不小了，相貌都谈不上帅气：一个是文森·佩雷斯（Vincent Perez 1964—），在一部宫廷历史剧里，他演了一个身手不凡的农村青年，把预言演成真，成了路易十五时代以来法国的传奇人物，之后这文森就成为影迷眼中“世界上讲法语最性感的男人”；另一个是文森·卡塞（Vincent Cassel 1966—），此文森自小有特别反叛的性格，所有的寄宿学校都把他开除了。他自己跑去纽约演员学校练出一口没有乡音的英语归来，演电影、写剧本、做导演、做制作人，还给各种角色配音，据说所有休·格兰特电影的法国版都是这文森配的音。文森·卡塞演电影都会选特别另类的角色，他选的角色都很倔（《仇恨》，凯撒最佳男主角提名）、很古怪（《东方的承诺》，奥斯卡提名）、都一副“烂命一条”的样子（《暗流》，欧洲电影奖提名，电影拍摄时出事故，文森被打断鼻梁）、都让人崩溃（《狼族盟约》，恐怖死了）……熊孩子出身的文森，风头却被前妻莫妮卡·贝鲁奇抢了，平心而论，电影只要有贝鲁奇，多数人看电影后只记得有个女神贝鲁奇，但文森即使没有贝鲁奇，也很难冲得出他父亲的树影浓荫。讲到文森的父亲让·皮尔·卡塞（Jean-Pierre Cassel 1932—2007），一定要提到1950年代的百老汇的歌舞天才吉恩·凯利（Gene Kelly 1912—1996），凯利他是个法国控，学了法国芭蕾舞的上身部分，自己发明了下面两条腿的舞台功能，让·皮尔·卡塞当年在巴黎就是一个法国的凯利。他是法国的踢踏舞天才，吉恩·凯利在演了《雨中曲》后，就和老卡塞一起拍了《一路福星》（*The Happy Road*）。现在大家看到文森·卡塞，知道他家世的，必定和《一路福星》潇洒的老卡塞做联想对比。真是不幸，被享誉欧美的老子和享誉国际的老婆遮挡住，熊孩子文森再努力，观众也先把他的委屈地放在后面。

这么说法国人也蛮拼爹的。对，说的就是那个该死的“积累优势”。一个能自我觉醒的人，在一个要求自我觉醒的社会里，你既然有父母、家人、亲戚的成就和声誉摆在面前，那你必须承担的，首先是一道心理压力。简单地说，你既然被生出来了，你再不干出点什么超过你先人的业绩，你就不配做他们的后人。

难怪今晚，当第三个文森，文森·林顿（Vincent Lindon 1959—）听到颁奖人叫自己名字时，他走上领奖台，刚讲两句，这个五十六岁的男人就哭了。

文森·林顿的家族几代都是“拼爹”过来的：数学家安德烈·雪铁龙是他祖先；文森的爷爷雷蒙·林顿是知名律师，是法兰西共和国的检察官并参与了以色列建国；文森的伯伯杰罗姆·林顿是二战时期抵抗运动的旗帜“子夜出版社”的创始人；比文森大两岁的堂哥马修·林顿二十三岁时已经在巴黎的沃日拉尔路和哲学家福柯“出双入对”了，马修·林顿现在还是活跃的法国作家和记者……

文森·林顿入行三十多年，拍了六十多部电影，扮演过无数角色：货车司机、被释放的监犯、长久的失业者和值夜班的看更人等等，净是“底层人”角色。一个名门之后，却喜欢胡须不剃、头发不梳、衣衫不整地去公共场所宣扬他“穷人的立场”，喜欢参与国内外的扶贫运动。文森·林顿早已经成为法国观众熟悉的“左派文森”，他不单有一副受教育后的普世心肠，还有一张天生的苦大仇深的脸，做演员他净挑底层人民演，还都给他演对路了。大家却没料到，这时的文森在台上说：“我这辈子，今晚得了我人生中第一个奖。才第一个奖？台下可能很多人和我一样没想到。此刻我想到我的父母。我爸爸不在了，我妈妈，也——不在了，我努力要做个事情给他们看，可他们，都不在了。”这时文森又露出他天生的愁容，喉咙堵住，泪奔，说不下去了。

27/05/2015

傻眼了，怎么『解释』？

这几天出了件让人傻眼的事，今年的法国高等学校入学大会考的试题中，巴黎高等师范学院哲学卷考题只有两个字：解释。

考试刚过，考生们掏出手机上社交网站讨论，说本来板着脸的考场监考官，一看这匪夷所思的哲学考题，捂嘴偷笑了：找不着北了吧小子们，定定神。

为什么“解释”会让人傻了眼呢？得先介绍一下巴黎高等师范学院，和这场“大会考”。

巴黎高等师范学院（Ecole Normale Supèrieure à Paris）中文常把它简称“巴黎高师”，法文简称ENS

Paris、Normale Sup'、ENS ULM。ULM本是巴黎市中心第五区一条短短的马路“乌尔姆”，这条路的尽头是先贤祠 Le Panthéon。巴黎高师自1794年创建后经几次搬迁，到1847年4月24日决定校址——乌尔姆路。两百多年后，乌尔姆路的右边，现在发展成巴黎高师的地盘，抬头正面是法国的万神殿——先贤祠，打个比方：北京国子监在原址上发展成中国科学院和社科院，还挂着“国子监”的历史招牌继续办公。

很有意思，全世界只有法国，中国的北京、上海、台湾以及日本，把本国师范大学的“师范”两字翻译成Normale，别的国家都用英美式的of Education、Teacher's（教育学院）。这里有个典故，是拿破仑的老师——法国微积分之父、画法几何的创始人嘎斯伯·蒙日侯爵（Gaspard Monge 1746-1818）和“法国的牛顿”、天文学家拉普拉斯侯爵（P.S de Laplace 1749-1827），这两位天才数学家在18世纪末联合给“巴黎高师”起的名字。Normale一词在画法几何上是“法线”的意思，在数学统计分析上是“正态分布”“规范”的意思，作形容词时有“树立规范、树立典范”之意。最早是日本人选择了中文字符“师范”两个字，独有深意地翻译了这个Normale，一如中国古语中“德高为师，身正为范”，所以Normale对师范大学的含义已经超越了一般我们认为的“老师”“教师”的普通字面含义。

Normale本意既然“普通”“正常”，“巴黎高师”又“高等（Supérieure）”，这么一来，考入巴黎高师的“高师人（Normaliens）”也就变成一帮“高等普通人”。

英国《泰晤士高等教育》（THE）这样介绍巴黎高师：“很长时间以来，它一直是法国的一个传奇。”发明狂犬病疫苗的生物学家路易·巴斯特（L.Pasteur）是高师人，数学家傅立叶、哲学家福柯、萨特、雷蒙·阿龙都是高师人，蓬皮杜总统是高师人……巴黎高师培养出了十个菲尔兹数学奖得主、八个诺贝尔物理学奖得主、一个诺贝尔化学奖得主、一个经济学奖得主和罗曼·罗兰、H·伯格森两个诺贝尔文学奖得主。

培养了一代代“高等普通人”的巴黎高师，这座法国思想界的重镇，1971年还被校内饱读哲学的“毛泽东思想”小组“占领过”。

我向同胞介绍这所高校时，简称它为“萨特那所学校”。

说到哲学，法国是全世界唯一在高中就把哲学课列入教程的国家。十八岁高中毕业生的哲学考试题目，每年都会被译成各种文字，让哲学发烧友小试牛刀："语言只是一种工具吗？""科学仅限于证明事实吗？""解释笛卡儿《给伊丽莎白信件》中的一段节选""工作能让我们获得什么？""是否所有信仰都与理性处于对立？""试评斯宾诺莎《神学政治论》的片段""如果没有国家我们是否更自由？""人是否必须寻求真相？""试评卢梭《爱弥尔》的片段""平等是否危及自由？""艺术是否不如科学那么重要？""解读古罗马哲学家塞内卡《论恩惠》的节录"……

作文的结论"是"或"否"不重要，重要的是得有个"结论"，结论是通过对名家经典的引用、分析、环环相扣得出来的，每个概念的解释都连接主题。作文实际就是对学生的阅读量、知识面、文字的消化能力、看世界的眼光和阐述能力来一个总评估，满分二十分。不过，得十二分以上的，应该算成熟的优等生了，那些没有读过笛卡尔、孟德斯鸠、伏尔泰、狄德罗、卢梭、尼采等等的，"吃屎去吧"。

巴黎高师的入学考试不接受刚毕业的高中生报考，

哪怕是哲学天才也得先攻读两年文科预科班，读完预科教程指定的几十本思想史、哲学史，才有资格面对“萨特那所学校”的试题。我在网上看了高师今年这场哲学考试的试卷，A4纸上印着三行字：2015年/大会考/哲学/。时间：六小时。不允许使用计算器。题目为《解释》。

《解释》就是考题，它是一个动词原型：Expliquer。

六小时解释什么呢？一个考过这场试的文科预科生告诉我，他写了一万字。一万字你解释了什么呢？他解释道：在科学的领域上，《解释》是可以做哲学解释的。

他的解释让人眼珠子掉了一地。

17/05/2015

到底谁毁三观

我看到中文媒体是这样介绍今年法国莫里哀戏剧奖颁奖礼上发生的事的：“法国临时演员为争取平等权益，赤身裸体冲上莫里哀戏剧奖颁奖典礼现场，顺便调戏了女文化部长，女部长全程尴尬陪笑”，中国的读者跟帖，臭骂这法国男人太人渣，是个大流氓。这事成了这说法，也是太扯了。

裸体上台的人是塞巴斯蒂安（Sébastien Thiéry），四十五岁的剧作家，也是个演员，这两个职业，塞巴斯蒂安未裸体上台前都已经做得很有名气了。这次“为剧作家争取失业金裸体演讲”的台词里，他也先坦白：“有些法国剧作家像谁谁、像我，也挺能赚钱的……”塞巴斯蒂安早年是弗洛朗戏剧学院（Cours Florent）的学生，弗洛朗戏剧学院是法国最权威的私立戏剧学校，盛产表演明星，如阿珍妮、奥黛丽·塔图、弗洛西斯·乌斯特等等。塞巴斯蒂安比他们还厉害，他随后考入CNSAD（国家高等戏剧学院），CNSAD是法国文化部直接资助管理的高等艺术学府，入学考试程序很繁琐，须经三场表演，第一场考四幕，每幕只给考生三分钟准备时间；第二场考两幕，前一幕规定是1900年以前的法国经典剧目，后一幕必须是1900年后的保留剧目，每幕给三分钟准备时间；第三场给五分钟备考时间。这样反复地考，考得进去的，应该够格独立演戏了。

塞巴斯蒂安作为学院派出身的演员，出道就演了不少电影、电视剧和舞台剧，由卢比松写剧本的电影《出租车》，他客串了那个驾校监管人。但他真正有本事的地方，是他也写的戏剧。由塞巴斯蒂安执笔的舞台剧本一般都会有巴黎戏剧名角如Pierre Arditi等撑场，剧场很容易就满座，巴黎几个主要剧场都上演过他写的《没有电梯》《上帝住在杜塞多尔夫》《印度猪》《霉运的开始》等剧。我看过他写的三台话剧，《像下雨一样》

（*Comme s'il en pleuvait*），这出两小时的剧目，演员只有三个，一对年轻夫妻在家里发现几张来路不明的大额欧元现金，妻子由此怀疑丈夫和葡萄牙小保姆有染。《世界之源》（*L'Origine du monde*），这个剧名本身就令人想入非非——来自19世纪法国现实主义大师库尔贝（G.Courbet）的一张同名油画，画上是一个女性裸露的下半身。库尔贝参加过巴黎公社起义，被选为巴黎公社美术委员会主席，在历史上被称为“具有战斗精神的无产阶级艺术家”。每天有数千游客在巴黎奥赛博物馆展出的库尔贝这幅惊世骇俗的油画前止步，揣着高山仰止的崇敬，目光注视着一副女性生殖器——“世界的起源”，可能这就是塞巴斯蒂安灵感的来源。去年塞巴斯蒂安写了一出新剧《两个裸男》（*Deux hommes tout nus*），讲了一个“上流人”的故事：一个律师早上醒来发现身边睡了个男人，还是自己的客户，正在犯懵时老婆进来了，律师讲来讲去讲不清楚为什么有个男人在自己床上。塞巴斯蒂安写的故事从头到尾都很荒诞，也不会有意料中的结尾。人物在戏中你埋怨我，我埋怨你，互相埋怨，个个都逻辑清晰地摆明自己永远有理，振振有词地摆明错的都是对方。塞巴斯蒂安戏的精彩还在人物对话上，写作者下的是硬功夫，让对话妙趣横生，双关语的陷阱一个接一个，观众席爆笑声一浪盖一浪。

莫里哀戏剧奖颁奖礼，是一场全国电视直播晚会，像所有大型晚会一样有策划、有节目审查、有总导演、有彩排和直播规则。塞巴斯蒂安并不是突然就发了神经病，脱光衣服冲上台来个露阴癖给部长看看自己有多棒，据说他私底下还是个挺害羞的人（性格害羞的演员把疯子演活的多了）。这场令人傻眼的插曲，事实是典礼节目主持人尼古拉·贝多斯（N.Bedos）出的点子，是他让塞巴斯蒂安来这么一下的。他说既然你都写过《两个裸男》，但是包着浴巾演戏没真裸，今晚给你机会，你充实一下内容。后台工作人员都证实，塞巴斯蒂安临场时很紧张，脱光衣服等出场时全身刷白——给吓白的，幸好还能把准备好的台词都说顺溜了，还能裸体把戏演了。

要让人注意你、议论你、记得你，脱光是有效的，男女一样都能吸引眼球。但脱光之后做了什么，这个很重要。球场上时不时突然狂奔一裸男，被逮住了遣返，没什么名堂的事也很多。

不是只有我们中国人厌恶裸露生殖器者，法国人也是。有不少在塞巴斯蒂安上台后，当晚就翻查各种法律条文，是不是该给这个塞巴斯蒂安罚一单，他口味重啊，他毁三观啊。塞巴斯蒂安第二天回答媒体：有很多穿衣服的人，做事比裸体的人更重口味、更毁三观。

08/05/2015

在文化部长面前裸体了

一场“突破底线”的表演是会让人吃惊和意外的，哪怕在法国。“以莫里哀的名义在部长面前脱光”，四十五岁的剧作家塞巴斯蒂安·逖埃利（Sébastien Thiéry）昨晚在第二十七届法国莫里哀戏剧奖颁奖礼上，赤身裸体，一丝不挂地上台发言。台下前排坐着刚四十岁出头的韩国裔美女——法国文化部长弗洛·贝莉兰（Fleur Pellerin），看着这个赤条条的男人在台上眼睛四处搜索：“部长女士您在哪里？”她在台下端坐，捂嘴笑。

今晚的主持人是年轻的剧作家尼古拉·贝多斯

（N.Bedos）。当他说“有请演员工会发言人”出场，自己退到一边时，台下观众惊呼一声，看到出场的剧作家兼演员塞巴斯蒂安，竟然不穿衣裤鞋袜，赤身裸体的上台了。

塞巴斯蒂安在讲台站稳，讲台遮挡了他的下半身，他戴上眼镜，念了一封所谓演员工会的信：请问文化部长，为什么在法国所有人，只要每年工作超过五百零七个小时，包括演员、导演、跑龙套的、收拾戏服的、打扫台阶的，都可以申领失业补贴，只有剧作家不能有这个待遇，为什么剧作家不能申领失业补贴？

莫里哀戏剧奖（Nuit des Molières）是法国国家戏剧奖，一年颁发一次，创始人乔治·卡文纳（George Cravenne 1914—2009）也是凯撒电影奖的创始人。莫里哀戏剧奖包括有最佳男女戏剧主演、最佳男女配角演员、舞台导演、剧作家、剧本改编、舞台装饰、舞台灯光、舞台音响等二十多项舞台性质的专业奖项，奖项由国家戏剧委员会投票选出，是法国戏剧界的奥斯卡奖，也是向本年度最优秀的法国戏剧作品致敬。而法国的戏剧界，从剧作家、导演、演员、剧组、到剧场整个班子，在经营管理上有国营和民营之分。国营的大剧场由国家文化

法国地中海海岸远景。

部负责资金支撑，而民营剧场剧社多属自负盈亏，很多只有几十个座位的幽默滑稽剧场，主要收入靠门票。法国的戏剧界，像一个商业大海滩，也是人才和市场的博弈之地。有志者在大浪中自由穿越，金鳞挥舞，鱼虾浮沉。所以每年一度的国家戏剧大奖典礼，台下的盛装者自有国营和民营之分，甘苦、积怨、雄心和希望交汇，所以，才有了塞巴斯蒂安演出的这一幕。

塞巴斯蒂安在戏剧界是很有名气的剧作家和演员，此刻他全裸身体，做着职业演员的表演："我们可以做出一台没有服装的戏，但没有剧作家不会有戏吧？为什么失业的剧作家不算失业者？难道因为长得丑？"——说到这里他离开讲台的遮挡，横跨一步，全身就暴露在舞台正中的灯光下，还一步步慢慢地走下舞台，观众开始哗笑。塞巴斯蒂安走到前排坐着的女部长前面站住，严肃地问："部长女士，您怎么看？难道我们丑得像只虱子一样就没有权利领失业救济吗？部长，我恶心您了吗？"他叹一口气："有人说法国剧作家都是有钱佬，我可以告诉你不是真的。当然有些像谁谁、像我，也挣不少钱，但要送孩子上私校啊，要请保姆啊，要去南洋小岛度假啊，还要养小蜜情妇，年底交税后就一身精光了！”台下又笑了，一身精光了！“这么多地方要支出，做个剧作家就得要成功，您知道什么叫成功？成功，就是要取悦所有人！取悦评奖委员会、取悦老人家们、取悦江湖牙医——正因为这样，我们得写出一坨坨屎一样的剧作！一个屎一样的演员，每年演出五百零七个小时就可以拿失业金，而剧作家写了屎一样的剧本找不到演戏班子，他就准得掉屎里自己遭罪！部长女士您听着，小民营剧场是靠咱写滑稽剧赚观众入门票糊口的，国家剧场的大剧、正剧即使没有观众捧场也撑得住。前几天我被著名剧作家Pommerat请去他诺曼底的家里作客，我跟您说，那顿饭没有肉！我们大伙儿都坐在地下吃薯片，我没说我们不开心，但那顿就是没有肉。他一个国家级的名作家，拿过两次莫里哀戏剧奖，可是您看，两个莫里哀换不来一只鸡！部长夫人，法国不少戏剧作家真的很穷，受生活所累都变成一帮忧郁症、神经病，所以才写出那么多很不爽的戏！部长女士，我们剧作家是大活人，请不要把我们变成幸存者”。

这段表演台词是剧作家塞巴斯蒂安撰写的，剧目叫《演员工会致文化部长的信》。

观众为他的表演鼓掌了，第二天媒体对这个男人敢在部长面前裸体，踊跃发表议论。塞巴斯蒂安对记者说，这是他平生第一次在国家颁奖礼的舞台上、坐满观众的大厅里做裸体表演，他紧张得要死。现在有人真以为昨晚他替工会代言，有人真以为他嗤笑国营剧场，有人说你这个样子不好看，但脱得还算自然，安慰一下他……其实，那就是一场舞台表演，大伙儿能笑就好，我写剧本、我表演，不就为这一个目的吗？

30/04/2015

两年没时间看书的文化部长

这次莫里哀戏剧奖颁奖礼上，剧作家塞巴斯蒂安赤身裸体从台上跑下到观众席，来到出席典礼的女文化部长面前表演了一番。事后塞巴斯蒂安说："晚会后女部长也没专门来后台见我，不就说明仅是一场平凡的表演嘛，她不稀奇。"一个艺术家在街头做几分钟裸体表演不稀奇，但在文化部长列席的国家奖盛事，在部长面前脱光衣服，也算当众挑战了部长的幽默感。部长没有回应人家的演出，法国媒体转过头就批她，说这女人达不到文化部长的情商。

这个女人就是韩国裔的法国文化部长贝莉兰（Fleur

Pellerin 1973— ）。总统奥朗德的内阁有过几个年轻的女部长，两年前，文化部长的位置是个女作家——安瑞莉·菲利佩提（Aurélie Filippetti），也是1973年出生，三十九岁就被奥朗德聘为文化部长，出席戛纳电影节开幕式时外国记者还以为来了个电影明星。去年奥朗德重新组阁，新任文化部长又是一个美女。她不是普通法国女人，她是历史上第一个亚洲裔的法国政府高官，爱丽舍宫自此多了一张百分百的亚洲瓜子脸，清汤挂面短发，丹凤眼，苗条，像热播的韩剧中的女主角。这个美女原名金钟淑，是一个韩国弃婴，1973年8月刚出生三四天后，被遗弃在韩国汉城的街道上，被送入孤儿院。六个月后，她被一对法国夫妻领养，领养单上的韩国名字改为弗洛·贝莉兰。收养她的法国母亲很自豪，这个韩国小孤女从小显示出勤学的天性，三岁就以比同龄人快几倍的速度认字写字。贝莉兰自此没有回过韩国，她完全不懂韩语，她就是一个地道的法国女人，只是长了一副东方面孔而已。贝莉兰的学历在法国学生中是无敌的：十六岁跳级读完高中，进入预科班两年后经大考进入法国高等经济商校、巴黎政治学院、法国高级行政学院，读完这一堆精英名校，她直接进入政府经济部门时才二十六岁，就给国家做数码经济核算，担任一个叫“二十一世纪俱乐部”实际是法国的移民后裔精英组织的会长，三十岁参加法国社会党的竞选团队，负责奥朗德竞选总统时的“数码经济政纲”。奥朗德获选后，贝莉兰自然成为他重要的内阁成员——数码经济部长。先读书后做官之道在法国被老百姓普遍认同，贝莉兰的故事到此还算平淡，在去年“数码经济”部长被调到文化部长位置时，惹事的缺陷显示出来了：去年有两个法国人获诺贝尔奖，获文学奖的又是一个姓莫的——莫迪亚努（Patrick Modiano 1945—）。在一次电视访谈上，主持人很和气地问新上任的文化部长贝莉兰，您最喜欢莫作家的哪一本书？贝莉兰被问住，她很和气，呃呃几声，主持人就说：啊我真不够厚道，那请问您最近在读他哪一本书呢？贝莉兰仍然保持谦虚的态度：我还真一本也没读过，我承认，我两年没有阅读了，太忙，我读了不少数据、法律条文、新闻，但真没时间读书。——这下糟糕了，连和气的主持人都不想继续给她面子了：可这太重要了呀，您是文化部长啊，他是诺贝尔文学奖的法国获奖者啊！

这件事糗大了，文化部长自认两年没有读书。蓬皮杜当总统时写传记，德维尔潘当部长时写拿破仑故事，你一文化部长不写书也就罢了，还不读书，您还有理当文化部长。

1986 年密特朗总统的文化部长尼奥达（F. Léotard 1942—）也被问过同样问题：您最近看什么书？他说：《福楼拜日记》，作家文中的微妙和智慧让我过目难忘……糟了，歌德有《日记》，拜伦有《日记和书札》，福楼拜有《福楼拜通信集》，世界上却没有一本《福楼拜日记》。

今天是信息时代了，做个政客要比三十年前的尼奥达时代说话更小心。政客遇到挑衅时，还是选择讲真话为佳，还是避免出糗，政客一出糗，立即会引爆网络。

02/05/2015

别再给人家送宝贝了

前几年见到德国总理默克尔身边经常有个不到四十岁的亚洲帅哥跟随，他是德国联邦副总理菲利普·罗斯勒（Philipp Roesler 1973—）。罗斯勒三十八岁时已经担任德国自由民主党主席，做过州劳动交通部长、联邦卫生部长、联邦科技部长。履历表上罗斯勒是 1973 年出生的，实际上他可能没有准确的生日，他是越南孤儿，父母殁于越战战火，九个月大时被一对德国夫妻在西贡的天主教孤儿院领养，带回德国。四岁时养父母离异，他跟随当飞行教官的养父长大，进入汉诺威医学院，成为眼科医生后从军、从政。越南裔的罗斯勒有非常好的口才，他可以不看讲稿连续演说一个小时，在德国他的名气可以和当年参加总统竞选的美国奥巴马相比，属于一匹政坛黑马。

像罗斯勒这样悲苦孤儿出身的政治家，目前法国有两位，听起来也很神：如果要数五十个现任法国政府的重要官员，竟然有两个来自韩国的孤儿院，文化部长弗洛·贝莉兰（Fleur Pellerin）和绿党参议员约翰·文森·巴拉瑟（J.V. Placé 1968—）。贝莉兰六个月大时被领养，巴拉瑟在汉城的孤儿院生活到七岁时被一对法国天主教律师夫妇领养，九岁归化法籍，在法国读书、从政。奥朗德总统大选获胜时，人们真以为会有两个韩国孤儿当法国部长了。

美国、加拿大和法国，是世界上收养儿童最多的三个国家。好像他们特别擅长收养儿童，是不是这些国家的人觉悟就比别的国家的人高？养大孩子要花一大笔钱，要花精神和时间，一个人好好的不躺在沙发上看电视，偏找个别人的孩子来培养，不是自找苦吃吗？中国人从老祖宗起就讲究一脉相承、传宗接代，抱养别人的孩子容易养出白眼狼，养不熟。

关于“养不熟”，我有个相反的故事。阿姆斯特丹的表哥来我家度年假，下飞机就掏出一张荷兰报纸给我看：一对法国女婴出生时被抱错，二十年后获医院赔偿，这医院原来就在你们康城。我小女儿在旁边，这时她说这事她太知道了，换错的是她的女伴玛侬。玛侬父母是白人，她出生时皮肤有点偏黑，父母当时没太在意，到九岁时孩子的混血特征越来越明显，玛侬的爸爸开始怀疑是妻子有外遇，要做基因检验。检验结果确认了玛侬不是自己的孩子，但也不是妻子的孩子，于是追究到医院，追究到孩子出生当天的记录。玛侬出生时患有轻微的黄疸，曾被放入有特殊光源的保温箱，当时产科有一男两女三个婴儿须接受这种治疗，而医院只有两个保温箱。护士就把俩小女婴放进同一个保温箱，不知为何就弄错了。玛侬的妈妈苏菲随即也发现自己孩子的头发比几天前浓密了许多，但最后还是把孩子带回了家。这宗官司打了十多年，今年刚结束，就以各种文字见于各国新闻，结局是两家获分了一百八十万欧元。还有一个结局报纸没有跟踪报道，我的小女儿说，玛侬和苏菲这对母女在得知基因检验结果的那个晚上，她们内心的最大恐惧是：她们将会被分开吗？这两个母亲都把找回女儿的亲生父母当成绝望的警告。当然，被搞错的两个女孩很快找到了各自的亲生父母并主动维持了两年的来往，但终究没能坚持下去，她们两个都不要离开“自己的家”去那个跟自己长得一模一样的血缘家庭，哪怕两个家相隔只有三十公里。

朝鲜战争后，五十年中，韩国有二十万孤儿被外国领养，其中法国收养了一万一千多个孤儿。1980 年韩国富裕后，政府出于“体面”考虑，出于“对弃婴负疚”的心理，提供了大量资金和人力帮助孤儿返国寻根追源，但效果并不理想。这些孤儿长大后，既谈不上怨恨父母，又谈不上谅解父母，他们的父母把自己生的孩子送、卖、遗弃给别人，是只有不体面的家伙才干的事。贝莉兰部长说她一想到自己的弃婴身世，无论何时都会悲从中来。当年皱巴巴的弃婴惨兮兮地被外人收养，现在一个个都长得仪表堂堂，好像特别受到上天的宠爱。日本、新加坡、韩国、中国香港和台湾的生育率都在下降，中国在短期内也不再有人口快速增长的优势，亚洲婴儿理应越来越珍贵，我们就不要再搞什么孤儿、弃婴输出了，否则，他或她会在外国人的家庭里，成长为和我们没有亲缘关系的——别人的部长。

03/05/2015

好好的事弄出人命

法国图尔市（Tours）前市长热尔曼（Jean Germain）自杀的消息令人震惊。“震惊”这个词在媒体报道时一再被使用，总理震惊、总统震惊——他们和这位前市长是同一党派——社会党的，他们震惊可以理解。可是前市长的对立派——前总理、邻居、律师、本地商家等，全都震惊了。本来是一件涉及司法的案件快进入审判程序，快了结了，这案子无论审判结果如何都不会有赢家，只是还给当事人一个说法：是否犯法，犯何种法。可当事人热市长，他撑不到最后了。

很多人听说过中国新人去法国举办集体婚礼的事，

不是自己结婚的听听就算了。跑去那么远办婚事，当中要走什么模式，花多少钱——如果不是交给旅游公司承办，大家都摸不着门。由堂堂法国市长主持婚礼，穿婚纱在法国市政厅拍结婚照，办起来应该很有难度吧。

图尔市是巴尔扎克的故乡，据说能讲一口完全没有地方口音、纯正法语的人，都出自图尔。这座古老的城市位于两条大河之间，其中法国最长的卢瓦尔河（Loire）两岸布满闻名世界的城堡群，法国人也把“高城堡”称为“图尔”。图尔真是漂亮啊，它被公认是“法兰西的花园”。

韩女士多年前从台湾来法国学法语，后来成为上诉法院的翻译，结婚成家，在图尔市参与政治竞选，成为热尔曼市长的团队成员，被市政府征聘做领工资的咨询工作。有一年在市长签字同意下，开展了由韩女士牵头的“中国新人集体婚礼”项目。其运作是通过北京、上海几个大城市的旅游公司，组织新人来法国旅游兼办婚礼，先抵达巴黎玩，然后来到古城图尔，行程两天，第一天预演婚礼，第二天经法国美容美发师妆点，坐马车、游城堡、拍照、逛酒窖，三顿饭“由市政府接待”，市长出席。整个项目下来，新人收费三千欧元。这项目的受欢迎程度如何？事实是整个法国，只有图尔市政府“独家经营”，法国前总理拉法兰说他几次去中国都被人问及这个独特的“图尔创举”，热尔曼市长自己也真打算申请专利了。

法国人结婚，在花园请客，去餐厅聚餐，入教堂听神父祝福，都十分随意，但有一样一定要做：新人必须齐齐地去市政府做一个行政注册签字的仪式，这个程序一般都安排在不需要上班的星期六上午。所以法国三万多个中小城市的市长们，星期六上午是要上班的。只要有婚礼，市长就得着西装、胸口横挂红白蓝缎带，去市政厅给新人做见证、签字。

图尔的热尔曼市长给中国新人做的，实际是“戏剧性的模拟证婚”——假的，中国新人没有法国身份证，法国市长的证婚是没有法律效用的，就当作是个人肉背景。星期六市长出面，为本地商家招揽中国游客。马车、城堡、餐厅、美容院，客人们又吃喝又化妆，市长亲自做市场推销，旅游牵引……该项目做了几年，被一封匿名信投诉到法国揭丑大报《鸭鸣报》去了，立刻招来司法调查，韩女士很快因欺骗、非法牟利和窝藏公款三项罪入狱两年，热市长也因“合谋”罪名遭到调查，被控

“过家家一样的模拟证婚”是非法的。市政府出资为中国新人放的焰火烟花，不管是否为图尔市做旅游广告，都需要一一等待司法的调查。

两天前，四月七日是热市长到法院出庭的第一天，上午九点他应该出庭，可他留下遗书自杀了。他明知自杀会令亲友极度痛苦，但他不能承受“不堪承受的侮辱和不公正”。重要的，是他写道：我没拿过一分钱！

不是就要开庭审理了吗，热尔曼市长，长久的生命和短暂的名声，在这一瞬间哪个更重要？在那些你情我愿的“图尔中国集体婚礼”的彩照中，你像一座佛，胸前横着法兰西缎带，在一对对拥吻着的新人中间和善地笑。这——叫中国人情何以堪。

09/04/2015

九十年了还是不爽

下雪天，我和温习功课准备英文大考的法国人被困在家里，看场电影吧，我们选了英国作家毛姆（Maugham 1874—1965）的《面纱》。

故事是说1920年，英国一个年轻虚荣的女子，选择了没有爱情的婚姻，跟随医生丈夫来到上海。因为出轨，被丈夫惩罚性地带去贵州霍乱灾区，直白说，此行是为了让她去死。

有人说毛姆不是英国最伟大的作家，因为他的作品“充满虚伪的动机”（美国评论家埃德蒙·威尔逊 Edmund Wilson 1895—1972）。《面纱》也不被认为是毛姆最好的作品，我翻开手上一本牛津大学出版社编的《简明牛津英国文学》，果然，《面纱》没被选入毛姆最有影响的十二本著作里。

毛姆有名的著作是《人性的枷锁》《月亮和六便士》《此一时彼一时》，里面有我们熟悉的名言，“每个生活在世上的人都是孤独的，我们被囚禁在铁塔里，靠一些符号与别人传达自己的思想，而这些符号没有共同价值——我们非常可怜地把心中的财富送给他人，他人却没有接受的能力，我们只能孤独地前行，尽管身体互相依傍，我们却不在一起，不了解别人也不被别人了解……”“世界上最大的折磨莫过于在爱的同时又带着蔑视”……毛姆的刻薄自负，令初读者震撼。

“面纱”这个词是毛姆取自19世纪浪漫主义诗人雪莱的诗句：别揭开这华丽的面纱/别揭开那些活着的人们称之为生活的华丽面纱/尽管这都是些不真实的假象/但却模仿着我们所相信的一切。

小说《面纱》1925年出版至今九十年，三次被改编成电影，里面也有不少毛姆的名言，费医生对出轨的妻子说：“我对你根本没幻想，我知道你愚蠢轻佻、头脑空虚，然而我爱你；我知道你势利庸俗、是个二流货色，然而我爱你……”总之，无论雪莱还是毛姆的警言，听起来都让人有点不爽。

毛姆出生在法国，当年在巴黎当大法官的父亲为让毛姆日后在法律上可以逃避法国兵役，刻意安排妻子在巴黎的英国地盘——大使馆内生产。毛姆在法国读过书，周游世界后选择在法国南部定居。电影导演很“体贴”毛姆的法国情结，《面纱》以19世纪法国作曲家萨蒂（Erik Satie 1866-1925）的Gymnopédies第一号钢琴曲贯穿全场，电影最后费医生染霍乱而死，中国农民把泥土一铲铲抛落，掩埋他赤裸的双脚。这时法国孩子清唱起18世纪的法国民歌《*A la claire fontaine*》：你有笑的心，我有哭的魂，很久以来我已爱上你，今世难忘；很久以来我已经爱上你，今世难忘……

新版电影《面纱》比小说华丽温婉，他们挑选了知书识礼的耶鲁大学历史系毕业生诺顿扮演心有千千苦的来自英国的费医生，他在贵州染上恶疾，临死前对出轨的妻子说的是“forgive me ”，不是原小说那句“死的却是条狗”。电影里没有毛姆名句的刻薄。

这部电影由黄秋生、夏雨和吕燕等中国演员出演，这是中国演员参演的最好的一部好莱坞影片。电影中，费医生问跟随到灾区的国民革命军官“你听得懂英语吗”时，扮演者香港人黄秋生骄傲地答，他在莫斯科接受过革命培训，会讲英文和俄文！那个神情令人会心一笑。

20世纪初的英国语言文学群雄并出，如高尔斯华绥、康纳德、萧伯纳、D.H劳伦斯、艾略特、吉卜林、伍尔芙、詹姆斯·乔尔斯、乔治·奥威尔等等，不宜把毛姆与诸君相比，他已是我心中伟大的作家。1965年，毛姆九十一岁在法国尼斯附近去世，他的别墅在Saint Jean Cap Ferrat 06230 城区的Villa La Mauresque，离我家有五十公里。每次经过我都不厌其烦地找地方泊车。泊好车后，我虔诚地走入毛姆旧居，向毛姆大叔致敬。毛姆大叔，您对婚姻出轨的惩罚，都九十年了，您还是让人不爽。

10/02/2015

你开什么玩笑！

有次，我看一电视节目，一群到了退休年纪的大叔大妈在类似工人文化宫的楼上跳交谊舞，一个搂一个转。有个大叔还比较胖，抱着个大妈转得很猛，就转到外面的阳台上了，镜头之下的大叔在越来越高涨的音乐中靠近栏杆，翻了个跟斗，就翻过栏杆摔下去了！全场当即被吓得窒息变脸，大妈们捂住嘴给吓昏了。等有人回过神来要冲下楼时，摄像师放下机器跟大伙笑说：开玩笑啦，是个整蛊节目啊。拿大妈大叔这年龄开玩笑太过分了。不过受了短暂的惊吓后，气氛还好，没人闹小情绪，我一个局外人却被吓得够呛。

不少名流都被这种恶作剧整蛊过。就是这个剧组，想过恶搞一下阿兰·德龙，但给阿兰·德龙下套不容易，在物色阿兰·德龙的身边人做帮凶时都遭到婉拒。你谁啊，在超级名人身边打工容易吗，那是身份和特权，人家一名人也讨厌你们搞庸俗的恶作剧。剧组坚持要恶搞德龙，最后找到一哥们，这哥们说他熟悉德龙，他是坐怀不乱的超人，保证承受得了在他身上试刀。一个近两千万电视观众认可的“公开陷害计划”，名流参与就是低姿态高风格，观众会更欣赏被陷害却不计较的名流，你们来吧。最后德龙身边一个为他工作了十七年的奶奶级人物被说服了，虽然她也担心德龙脾气不可捉摸，发作起来也会很尴尬，但她斗胆参与了。节目组安排了德龙和一群名流的饭局，有政府部长、国会议员、阿迪达斯欧洲总裁、当年的选美冠军等陪坐，奶奶贡献出自己只有十岁的小孙孙，安排他坐在德龙身边，参与和成人们的对话。饭局开始，桌子边的人天高地阔地侃大山，十岁小男孩专门针对着阿兰·德龙，专拆他的台。讨论从世界各国的古今历史、建筑、文学、艺术、音乐，到当今政府的金融财政、欧洲危机等各种话题，这个自称粉丝的小孩子无所不知，广引普鲁斯特、帕斯卡、巴尔扎克等经书名典，对德龙提的疑问都在一番深思熟虑后，从容不迫地解答。他偶然也出几个小错，让德龙有机会纠正，引敌深入，搞到阿兰·德龙大吃一惊，跌掉下巴，完全被小男孩迷住，变得哑口无言。最后德龙甘拜下风，对孩子说：我下个电影请你来做财务监督吧。小男孩是天才吗？不是，他就是一个临时演员。当他摘下微型耳机，观众看到，剧组邀请的十几个各领域的专家教授从隐藏的小房子走出，就是他们回答了那些问题，并通过耳机让小男孩鹦鹉学舌。现场嘉宾激动了，大家兴奋于这场插科打诨的顺利成功，可是德龙也激动了——他坚决不签字，最后也没有授权让这场录制好的恶搞他的节目播出。

事情过去好多年后，节目制作人马歇尔·贝利沃（Marcel Béliveau）才写了篇短文：“阿兰·德龙：大演员，小玩家”，意思是一个小屁孩也玩弄起老子，也玩弄起名流，神是能够这样被拉下神坛的吗？

大家觉得好玩的事，就这样无趣地落幕了，可怜那个奶奶，那天这样圆场：我今晚不给小崽子做饭，惩罚他。

总统奥朗德和旧女友关系未断就交新女友，旧女友精神崩溃被送入医院，出院后搬离爱丽舍宫。她是职业记者，快速写了一本自传式的《感谢此刻》以泄私愤。此书从床上到她和总统参与过的私人活动，把旧爱当作人渣抖落。最伤奥朗德的，是她指出奥朗德竞选时说他不喜欢富人是假的，她证明实际上他鄙视穷人，称穷人为“没有牙齿的人”。奥朗德去北约开会刚出来，就面对记者的质问：这句话是不是真说过。无论真假，快到来的下一届总统选举时他笑不出来了。这时候，女友家姓马的叔伯看完书后又气愤地插一杠子：原来奥朗德连咱家姓马都拿来讥笑，请他来吃过一次圣诞饭，没想到他吃饱喝足出门就说咱坏话，也不先照照镜子，自己能好到哪里去。

开玩笑搞错对象就黄了，德龙、马家叔伯他们都不想开什么玩笑。

02/02/2015

一支香颂，一个人

香颂中《*Les Feuilles mortes*》（枯叶）这首歌，让我想起了伊夫·蒙丹（Yves Montand 1921—1991）这个人。

马赛有十一年没下过雪了，今早忽然下了一阵鹅毛大雪。我站在阳台上，看一阵比一阵密、飘落在海边沙滩上罕见的大雪片。这样站着看了十几分钟，我忽然想起一个人：我们马赛人伊夫·蒙丹。大雪和蒙丹，在今天好像都是很久很久以前的故事了，可是真实地，这时我耳边就响起了《枯叶》这首歌，就是蒙丹唱的那个版本。

《枯叶》据说有六百个英法文的翻唱版本，今天大雪飘下的这个时刻，我听到的，是蒙丹的版本。

现在很多中国香颂粉不知道伊夫·蒙丹是谁，当然了，蒙丹去世已经二十六年了。

我第一次听到蒙丹的名字，是一个中国人告诉我的，那时我刚到法国，他问我，你知道伊夫·蒙丹吗？我说不知道，他说：你很快就会知道的，伊夫·蒙丹是浪漫得最靠谱的法国男人。

当然后来我很快就看了很多伊夫·蒙丹演的电影，听了他唱的很多法国香颂（Chansons）。作为“粉”，一般我们都有自己的银幕情人，只是拿伊夫·蒙丹做情人我可不敢，他是属于大众的，欧美随便一数就有千万个粉粉。蒙丹从出道起，他就有一种又活跃又深厚的老派情人的格——规格的格。有这种“格”的人他不是唯一的一个，但他肯定是其中的一个。

伊夫·蒙丹原籍意大利，他的父母、祖先都是意大利人，伊夫·蒙丹出生后的第二年，墨索里尼上台。蒙丹的父亲在意大利本来有个小作坊，法西斯掌权后他立即逃难到法国，原计划中法国只是中转站，蒙丹家逃亡的目的地是美国——那是1920年很普遍的状况。不少要去美国谋生发财的欧洲人就在港口漫漫无期的等待中，搁浅了一开始比较雄伟的谋生计划——蒙丹父亲正是因为去美国的计划搁浅了，只好让妻子带着两岁的蒙丹和他哥哥姐姐来到法国马赛汇合，他们全家去美国的计划就这样搁浅在马赛了。差点成了美国人的意大利人伊夫·蒙丹，就这样成为了法国人。

伊夫·蒙丹童年家里非常贫穷。他父亲开了一个做扫把的小作坊，十几岁的哥哥在咖啡馆做侍应，姐姐帮人理发。伊夫·蒙丹十六岁之前，做过送货工、餐馆侍应、去姐姐打工的理发店帮人理发，当时蒙丹还考了个给人理发的 CAP 初级职业文凭。

现在，当我们若无其事地回顾一个在银幕上光芒万丈、魅力无穷的老牌明星时，回看他十六岁之前经历的那些苦难，只能瞠目。

现在在巴黎一些老酒吧，无论内部格局怎么翻新过，墙上总是挂着上世纪 60 年代伊夫·蒙丹和玛丽莲·梦露在巴黎工作那段时间的“情侣照”，知道他们故事的，会心一笑，那可真是个浪漫得很靠谱的年代啊。伊夫·蒙丹有个很出名的妻子西蒙娜·仙诺（Simone Signoret 1921—1985)，她是第一个获奥斯卡最佳女主角奖的法国女演员。仙诺的故事可比玛丽莲·梦露的有趣多了，这是后话了。

《枯叶》这首歌是这样来的：1949 年底，原籍匈牙利的法国作曲家约瑟夫·科斯马（Joseph Kosma 1905—1969）要为一场小歌剧写歌，当时他试了很多个版本的歌词都不合适，他就找到了雅克·普维（Jacques Prévert 1900-1977）的一首诗，就是这个《枯叶》。普维是二战后法国最受欢迎的大众诗人，他的诗现在很多还能在法国的小学教材里读到。科斯马把曲谱出来后，蒙丹就唱了，但当时蒙丹唱台的规模比较小，也没有唱碟、视频什么的做传播，可是蒙丹他好像认死理了，只要登台，他一准唱《枯叶》，《枯叶》就这样被蒙丹唱火了，还很快被“英化”了——英文版的唱本叫《秋叶》。

一支香颂唱出六百个版本，不知道还有哪一支香颂可以有《枯叶》的势头。可能是因为普维、科斯马、伊夫·蒙丹这些老派人，他们“靠谱的浪漫”。

“哦　我多希望你能想起，那些我们曾经亲密的幸福日子

……

你爱着我　我爱着你

我们俩生活在一起
连阳光都比今天明媚
枯叶聚拢在铲子上
回忆和悔恨也是
北风将它们带走
……
你瞧
我都没有忘记
……
你曾爱我 我曾爱你
然而被生活拆散了
两个曾经相爱的人
静悄悄地　没有发出声音
海水淹过沙滩
涂掉恋人——不和谐的脚印

在各种文化交流更迫切的今天，现在我好像听到蒙丹轻轻地说：我来了。

大雪只下了三分钟，很巧，就是在伊夫·蒙丹唱《枯叶》的那个三分钟里。

想象一下，如果没有艺术，没有文学，没有诗，没有用音乐唱出的诗和歌，阳台、海边、冬天、大雪——我们的日常生活，是多么贫瘠，多么寂寞啊。

12/2017

城市居民的私家花园。

天上再见

我看到网络上有人重提2014年Win/Gallup（盖乐普国际调研联盟）一个“经过成员国把关的”调研数据：在被问到“你是否愿意为国而战？”时，中国人有百分之七十一回答“是”，法国只有百分之十七。

让一个人一分钟内决定“是否愿意为国而战”？这里不谈政治，在所有受根深蒂固的爱国教育影响的国家里，这些百分之七十一、百分之十七的答案，还是要全方位解读。

法国阿尔班·米歇尔出版社2013年出版了一部小说，叫《天上再见》（*Au revoir la-haut*），作者是擅长写犯罪案例的法国作家皮尔·勒梅特（Pierre Lemaitre 1951—）。但《天上再见》的故事却写第一次世界大战前后法国士兵在战场上和退役后的悲惨遭遇。这本书被誉为“关于第一次世界大战的史诗”，出版当年获得多个文学奖项，包括当年的龚古尔文学奖。最近有个全才的幽默戏导演阿尔伯·杜邦(Albert Dupontel 1964—）把它拍成了电影，上映时又逢龚古尔文学奖颁奖日，今年获奖的题材又是关于二战的。这样，《天上再见》上映时，今年十一月的读书市场，增加了不少关于战争的热谈话题。

“爱德华，我的战友、亲人、伙伴、同谋，如果我们无法对抗世界的邪恶，那就各自去死，天上再见。”

《天上再见》中文版今年四月出版，我已读了一半，同时我也读了法文版，两本都还未读完。看到新电影海报时，我放下小说，先跑去看了电影。拍电影要忠于原著，永远不是容易的事，电影导演把《天上再见》的画面弄得像修复过的古油画，一层层染上橘红色。小说中故事的悲惨，在电影中变成了哀艳。我自动把小说人物都代入了银幕上面孔熟悉的演员，某个时刻，我还把自己也代入了——代入到20世纪初，法国北方寒冷、贫瘠、打得到处烂、到处大窟窿的泥潭中。

第一次世界大战随着时光流转，已经变成一场被遗忘的战争。一百年前的事情现在对我们来说太遥远古老了，那个年代的生活、景物甚至人长的样子，和今天都不像是一回事。

爱德华是巴黎银行业一位总裁的儿子。他有一个小姐姐，两人从小相依为命，全因为父亲极度的冷漠（有些男人总是极度冷漠，不适宜做父亲啊！）。爱德华阴柔、胆怯、超敏感的小脾气不受父亲待见，在这个富裕的家庭，爱德华从小就习惯缩在角落里，低着小脑瓜画个小画。他经常把父亲画成一个“大混蛋”。战争爆发了，爱德华跑去当兵，在战壕里他还是喜欢画个小画，还给战友阿尔伯看着玩——他把他们的上级——中尉普拉蒂利画成“死亡之神”，因为普拉蒂利喜欢用手枪押着士兵不许冲锋，还会趁没人注意时从背后给士兵一枪，把他们崩了，并警告其他士兵不许退缩。这天爱德华和阿尔伯交流完他的画作不久，爱德华就被炮弹掀翻了，醒来时已经躺在医院简陋的床上，在铜镜里他惊恐地看到自己鼻子以下的半边脸都给炸没了，他崩溃了。爱德华可是个富家公子、一个美男子、一个天才画家，现在他脸上只剩下一个空洞的喉咙（用针管喂食）和两只恐怖的眼睛，可他——还活着！

第一次世界大战停战那年，法国退役官兵中出了两单丑闻，一单是在为全国各地阵亡士兵的家属运回遗体这件事情上，本应属于国家的行为，却变成由退役的腐败军官操纵的商业行为。奸商为了节省材料和压缩运输成本，故意把棺木做成小号箱子，用泥沙石块代替遗体糊弄烈士家属……这件丑闻的主角，是由中尉摇身变成知名商人的普拉蒂利。另一单丑闻，是在全国集资建立烈士英雄纪念碑时，集资人等到各界款项到账后，提空钱走人……主角是戴着自制精美艺术面具的伤残士兵爱德华，爱德华最后把他富裕的父亲都骗光了。

有些年我去法国北方时，经常特意去一些无名小村，每次看到村头那些简易但触目的战争烈士纪念碑，我都会站住脚，花几分钟时间一个个朗读出上面烈士的名字。当我读到同一个姓氏有好几个人，明白这一家子人贡献出了好几个烈士时，我自然首先想起我自己祖国的战争英雄们，脚下的泥土抖动着，我同感震撼。

一战时期英法士兵在战场上，是出了名的英勇，后方医院都设在又湿又冷的小教堂里，伤兵不打麻药就接受截肢，惨叫声此起彼伏，他们床头的墙上挂着一个圣母玛利亚像，她被炮火震歪了，垂下上半身，嘴角挂笑，透明的眼睛温柔地环抱着她身下半死的伤兵。这个伤兵，给包扎一下，绷带还浸着血，坚决要重返前线。

如果说，忘却是为了达成谅解，那就先需要了解真相，才可谈论忘却。从迈克·哈内克的《白丝带》、罗曼·波兰斯基的《战地钢琴》到勒梅特的《天上再见》，我看到法国人走着“为了忘却”的道路。所以，开头那个盖乐普的问卷和答案，只是一场情景假设而已。

11/2017

比男人还能扛

家里有人习惯早上听几分钟的西班牙语电台。今早早餐时听了，说西班牙一家出版社最近出了本漫画册，叫《种子男人》，故事是从法国来的，重新画，也模仿了法国原版漫画。本来我听过就算了，到了中午我去市立图书馆还书，在清寂无人的群书架中，我竟然一眼就看到了法语版的漫画《种子男人》，还有两个不同版本在旁边插着，还有印成只有巴掌大的一本“口袋小说”。我先站在书架下快速翻看一本，觉得特别好，就把另外两本一齐都借回家，要好好读一番。

书中的故事是这样的，1851年（又是一个一百六十六年前的故事），在法国普罗旺斯（18—19世纪的“普罗旺斯”泛指法国南部大片农村山区地带）与世隔离的一个小村里，这个小村的男人因被杀、被抓进监狱、被追捕外逃，成了“无男村”，此地农田、山林的所有活儿均由女人承担。很快，村子的女人开会决定（村妇们真是智慧）：从今日起，只要任何一个外来男人入村，无论他和哪个女人恋爱上，这个获得爱情的女人必须承担一个特殊义务：和村里剩下的女人们分享“男人的种子”，直至都繁殖开花。

终于等到这天，一个叫“让”的男人长途跋涉来到（路过的）这个小村。春雨洒落枯干丛林，沉睡的肥沃厚土等来了期盼的“种子”！他和村里一个叫“紫”的姑娘恋爱了，同眠共枕时，“紫”向“让”坦露了严肃的“村愿”。故事到这里，我们看到一幅19世纪法国贫民自由爱情的图画遭受的凌厉扭曲，“让”只钟情于“紫”，心仅系于“紫”，他还是“一个识字的人”，那个时代有阅读能力的男人绝对是上等人！不过，“让”的尴尬和艰难，很快都被“紫”说服了，他决定与“紫”完成小村的生存大计，“让”开始做他必须做的“工作”。从“紫”的小土屋出来，心里揣满与“紫”的爱情，“让”去为每个女人“播种”，村中女人们开始逐个怀孕了。有一天，来了第二个男人，恰巧这个男人还拖家带口，他们进入了小村。“让”觉得已经完成使命，他留下一封信，收拾背囊，跟“紫”告别，离开了小村。

这个故事读起来有点不可思议，太不像是真的了。这本法国漫画画得非常有感染力，每页深浅灰黑，深浅黄褐，山峦重叠，石屋参差，没有一棵树是绿色的，没有一袢衣裙缀花。连续翻看几页画册，没见一个人、没有一只狗，没有一个抬起来的头……女人们无论干活、走路，她们的背脊仿佛被砌成一堵沉默的墙。

法国在她自己的历史中，有过不少吃苦头的时候，帝制、共和、恢复帝制、走向新共和，大大小小的革命没间断过。英法百年大战、普法战争、领地丧失、继续大战……法国第一个普选产生的总统（后来又成了法国最后一个君王）拿破仑三世——路易·拿破仑·波拿巴(1808—1873），1848年被选举上台成为法兰西第二共和国总统，三年后发动政变，将反对其连任的共和党人赶尽、杀绝、清洗，政变获得成功，次年1852年12月登基称帝。

那段拿破仑三世对外省共和党人赶尽杀绝的残酷历史， 在浩瀚的古书堆中今天又显现了细节——就是这本《种子男人》。

“1851年我十六岁，父亲被遣送到圭亚那的监狱，因为他是村里共和党人的头领，未婚夫被拿破仑·波拿巴的卫队枪杀”，这本画册是这样开头的。在画册的结尾处写着一句话：“我”是书的作者“紫”。

读到最后，意外看到这本书原来出自一件手抄本：普罗旺斯有个叫紫·艾洛（Violette Ailhaud）的村妇，1835年出生，1925年去世，旁人发现她遗物中有个信封，上面注明这个信封只允许在1952年（故事发生一百年后），在公证处鉴证下才可拆封。信封打开后人们发现里面装了一叠散纸，每一张是一则短记，在1919年7月，时年80岁的“紫”，写了这几十页的《种子男人》（*L' homme Semence*）。

“夏末将至。一个晚上，‘让’收拾了他的行囊，说，明天我要走了。我什么话都没说，明知这是他的债、他的权利、他的自由、属于他的道路。他走后我会有充分的时间哭泣，所以，今晚我不要流泪，我要像第一次那样，享尽每寸甜蜜的时光。”

“她以她一贯的坚强活着，让生命继续着。”

之前我读过一些“无妈村”“无爸村”“泰媳村”（丹麦北部有个小村，最近统计七百户人家中有二百户娶了泰国女子），但读《种子男人》时，我完全没有那种“梗”的缺陷感。是个民间传说吗？好吧，就算是普罗旺斯的励志传说吧。

05/2017

等待公共汽车的老人。

『以为你装傻，原来你是真傻』

第一次在书店翻看雷瑟（J.M Reiser 1941—1983 ）的漫画书时我很难为情，脸有灼热感，两边瞄怕别人注意我：她在看些什么呀。我现在还记得，有一页只有四五张小人图：图一、图二画的是一男的趴在餐馆桌上吃面条， 吃出一根毛，跑去跟老板理论，买面条吃不是买毛吃，这面条有毛，我不给钱。老板放他走，指使店里伙计跟踪他！接下来的图画的是，伙计跟这男的进了一家妓馆，随后伙计冲进房间，指着正在吃毛的男的吼：这下你该还我钱了，你不是在买毛吃吗？男的说：这毛里有面条吗？找出面条来我就给你钱。

雷瑟的好多漫画，都是三笔五笔，胡刷一下，画出几只温吞吞的人， 瞪着牛眼跟人较真。有人说一个漫画家比五个杂文家顶用，夸张、写实、象征、虚构各种文学手法齐全。

雷瑟漫画量大，题材丰富，他的漫画册现在在法国各大小书店都找得到，书名听上去也很逗笑：《他们挺丑的》（*Ils sont moches*）、《勤劳先生全家度假》（*La famille Oboulot en vacances*）、《女人万岁》（*Vive les Femmes*）、《禽兽生活》（*La vie de Bêtes*）……那本《脏段子系列》（*La série des Sales Blagues*）到现在还在再版，他的连环画《大恶心》（*Gros Degueulasse*）1985年拍成电影。雷瑟1983年因病去世时只有四十二岁，下葬在巴黎市区的蒙柏纳斯墓地，当时他工作的团队是《查理周刊》的前身《*Hara-Kiri*》，这本杂志由法国作家、翻译家、记者兼漫画家卡万纳（Francois Cavanna 1923—2014）出点子，起名Hari-Kiri，取日语“切腹” 之词，雷瑟参与创刊。雷瑟去世那天的这期《切腹》，他们搞了个号外，用了雷瑟的漫画“他走向自己的坟墓去了”做专题。在葬礼上，《切腹》杂志送的花环上的挽联故意写成广告一样：

《切腹》敬献，到处有售。

自然，最懂得雷瑟幽默的，是雷瑟幽默的死党。

雷瑟作为漫画家，长期为《切腹》《飞行者》《查理月刊》《查理周刊》等“幽默漫画”和“讽刺漫画”工作。这些杂志的创办人、管理层和编辑，全是他的哥们老友，不过在以前那年代， 漫画家们不要说有胆量讽刺宗教，连讽刺政坛、讽刺名人的勇气都没有，连讽刺一个小歌星的意图都没有。于是我们看得到的留下来的雷瑟漫画，就很少含有什么政治指向，他的风格，就以“令你发笑”为唯一目的，并且画法简单。但事实上，这么简单的雷瑟漫画，还是经常要承受读者“挑战习俗底线、口味重”的指责。

雷瑟和卡万纳当年有一个好朋友，就是2015年1月在巴黎被枪杀的一个老漫画家，八十一岁的乔治·沃林斯基（George Wolinski 1934—2015）。沃林斯基1934年在北非的突尼斯出生，爸爸是波兰裔犹太人，在他两岁时被杀，妈妈是意大利籍的突尼斯人。沃林斯基战后才来到法国读建筑学，很快改行画漫画并且享有盛誉，得过西班牙国际漫画大奖、古安澜国家漫画节大奖，2005年得到总统授予的法国荣誉军人勋章。

沃林斯基的讽刺画画得非常有名，政客画得都皆似真人，女人画得都很“色”。他被问“为什么画得那么色”时，沃林斯基答：“这个我也说不上，你想，我两岁没有了爸爸，妈妈得肺结核很早去了法国疗养。我在突尼斯家里被老人们养大，家人和周围人都讲阿拉伯语。我特别怕保姆带我去蒸汽浴室，那种浴室小男孩子进去就要脱裤子……”他也没说出究竟是什么原因，别人也不好再追问他了。

沃林斯基的太太是阿尔及利亚出生的法国作家，在丈夫被恐怖枪杀后的第二天，1月8号晚上，这个七十二岁的女人把自己收拾得好好的，平静地出现在媒体镜头前。她说：我坚信沃林斯基没有被任何人枪杀，枪手射击他身边的人时，他就心肌梗死倒下了，我坚信。我后来看到他的容貌，很安宁，他一点儿没受过惊吓。

她指着家里厨房的冰箱门，上面用胶泥粘着一幅沃林斯基用铅笔画的裸体画，就是他太太，披着波浪长发，翘着长腿饮咖啡，还画得真像。

对于他为查理画画被枪杀这事，沃林斯基太太说：知道当年卡万纳怎么形容他吗？“看你这么傻，以为你装傻，原来你是真傻。”

01/2015

美国人，你感谢拉法耶特了吗？

这个拉法耶特（la Fayette）不是卖LV手袋的“老佛爷”，他是18世纪的法国贵族拉法耶特侯爵（Gilbert du Motier de La Fayette 1757—1834），如果法国后人现在顾不上理会他了，美国人应该能记得他。“法国亡命之徒”拉法耶特为美国独立战争的胜利做了大贡献，美利坚土地上，给他立一块碑了吗？

有年暑假从七月初到八月底，我在乡下家里接待了九拨客人，在假期的最后几天，十九年没见面的美国朋友康斯坦丁全家从华盛顿出发到巴黎。

携全家出游欧洲，康斯坦丁一家这次住在巴黎旺多姆广场（La Place Vendôme）上的四星酒店，游巴黎的博物馆、凡尔赛，最后租车南下摩纳哥、尼斯、普罗旺斯、阿维侬。在阿维侬的城堡上，美国人指着建在六十米高岩石上的教廷和五公里长的围墙对他十七岁的儿子说：你看这个地方，从14世纪开始就不属于法国了，它是罗马教廷的属地，像今天的梵蒂冈对意大利一样。到了18世纪末，当地法国人在“革命”精神的驱动下冲进来，掠夺毁坏全部陈设和艺术品，法国国民工会下令把阿维侬收为国有，把这里变成了法国兵营。

康斯坦丁是我们家法国人三十五年前在哥伦比亚特区美利坚大学（AU）读国际关系时的同学。毕业后再见面已经是1990年的旧事了，那时康斯坦丁八十岁的父亲还健在。老头子跟我说，世界上他最欣赏的两个人，是毛泽东和甘地，他们是解放者！“如果不是毛泽东，你的脚现在还被布缠着！”康斯坦丁那年三十岁，是1893年建校的私立大学的国际关系专业毕业生，他说如果可以选择做一个历史人物，他要做本杰明·富兰克林（Ben Jamin Franklin 1706—1790）。

哦，富兰克林！在“拉法耶特”年代，正是富兰克林出任美国驻巴黎公使，18世纪末法国用借来的钱，近两千万法郎，贷款供给美国打独立战争，这笔法郎由富兰克林双手转送。

美国独立革命中有两个著名的外国人，一个是英国革命理论家托马斯·潘恩（Thomas Paine 1737-1809），另一位就是法国贵族拉法耶特侯爵（Marie-Joseph Paul Yves Roch Gilbert du Motier, marquis de la Fayette），因为他是贵族，所以名字很长，我们把它简写为“Motier de la Fayette”。侯爵拉法耶特十四岁从军，十六岁结婚，那个年代英法两国正进行着世纪之战，“敌人的敌人是我的朋友，朋友的敌人是我的敌人”。十九岁的拉法耶特听闻北美的独立革命，就抛下怀孕的妻子，自己掏钱买军舰，招募了一班“职业亡命之徒”，扬帆渡海，跑去美国帮人家打仗去了。

美国独立战争胜利，华盛顿派林肯去受降，但是美国人心里清楚，攻打约克敦的军队主将是法国人，是法国人帮美国人打赢英国人的。不过现在很少美国人会主动提到这段历史中法国军队的作用，有点像二战时，美国人冒死登陆诺曼底，一路打到巴黎边上，这个时候戴高乐让法国士兵上：“打头阵”解放巴黎，那是“祖国的尊严”！

查查法国百科全书上的Motier de la Fayette（拉法耶特），很冤枉，他的一生是“坐在两张椅子上的一个屁股”，左右都不是，还坐了五年监狱。可是在美国，从将军华盛顿到外交家富兰克林，上上下下都知道拉法耶特是他们国家的英雄。美国最大的胜利是富兰克林签署的著名的《巴黎和约》：英国自此承认美国独立，美国版图自此西至密西西比河、 南至佛罗里达州、北起加拿大边界五大湖。是“拉法耶特的法国”帮助美国打赢了独立战争的。

18世纪的法国，从王室到贵族都以奢华的生活方式为荣，导致法国债台高筑。法国帮美国打败了英国，花的是高利息借来的钱。美国打赢独立战争后，大洋这边的法国政府，要用每年税收的一半来还债。

美国人康斯坦丁游玩完，临离开法国时说了两遍：我们游遍巴黎，没见着一个地方竖块牌，上面写个“法兰西感谢美国”！我问他，你在美国哪个地方竖块牌，写着“美国人感谢拉法耶特”呢？

08/2016

追星！追星！

我们家法国人有次提起，他十七岁放暑假时注册了法式烹饪班培训，最后十天被安排在尼斯的大酒店Park hôtel厨房做实习。有天忙到凌晨，一抬头，见法国电影明星“大鼻子情圣”迪鲍帝（Gérard Depardieu 1948—）在大堂经理的陪同下闯入厨房，穿过堆满锅碗瓢盆的货架，从后门匆匆逃往停车场。迪鲍帝是为了躲开狗仔队的打搅。那时他三十岁左右，逃跑中见到个小伙子深夜还在厨房忙，大影星很近人情地笑了，那个笑脸实在很Charme，他几十年都还记得。

放假在乡下这几天，我接到当地乡公所通知，妮可·伽霞（Nicole Garcia 1946—）在康城附近拍摄新片《海面上的阳台》（*Un balcon sur la mer*），有几组镜头在我们家附近的风景地绿溪谷（Gorges du Verdon）拍摄，因为故事背景为1970年，剧组联系家有70年代汽车的居民以求得帮助。通知上附有摄影队两天的档期。我家孩子们看到档期演员表上有演法国007的让·杜雅丹（Jean Dujardin1972—）的名字时就兴奋得叫了。

伽霞原先是个演员，转行拍电影后很快成了名导演。她是法国电影圈的才女，相貌举止带着法兰西知识分子式的素雅，还挺温和的。她无论做演员还是做导演都能吸引观众，去现场看伽霞拍电影等于在中国去看黄宗英拍电影。而让·杜雅丹的票房，有点周星驰在香港的感觉。杜雅丹自从他的喜剧电影《小子派斯》（*Nice de Brice*）上映后就带坏了全法国想变坏的小子，杜雅丹讲话也让小子们未笑先坏。他有一颗虎牙，无厘头的笑容跟虎牙一起露出时也很Charme，杜雅丹演的《法国特工117之开罗谍影》，尽情讽刺阿拉伯人、讽刺中国人，当然也讽刺他们法国自己人，十分无厘头，他一头油光水滑的50年代发型把人逐个嘲笑讽刺。这部无厘头电影竟然获得了当年东京电影节最高级别的金麒麟奖，法国导演上台领奖时吃惊得都有点结巴了。杜雅丹引来一群50年代和60年代的007、117、OSS间谍的铁杆粉丝，把那年“几乎沉入谷底的法国电影”拉活了。

十二岁的女孩子告诉我，明天要五点起床跟表姐开着70年代的汽车去看杜雅丹拍戏时，我叫她不要去了，我问她说，你集中精神工作时不想被不相干的人围观是不是？ 可是第二天早餐前看到家里的女孩子们早跑光了，她们昨晚就调好闹钟，一早起床去看杜雅丹了。

我让孩子不追星，可是我自己，8月1日开车经过Uzès这座小镇时，就变成星迷了。我在路上每个红灯前，伸长脖子瞄街边，想看看住在这个小镇的让·路易·塔迪尼昂（Jean-Louis Trintignant 1930—）会不会在这街上溜达。

1987年在武大，我第一次看塔迪尼昂的电影《火车》， 主角是罗蜜·施耐德。演罗蜜情人的塔迪尼昂在电影中只有几句台词，我却因此就记住她了。来到法国才知道“塔迪尼昂”是个熠熠生辉的名字。2003年8月1日，玛丽·塔迪尼昂因和男朋友在立陶宛拍戏时争吵被推倒昏迷。次日法国最好的脑外科专家已经在飞去立陶宛的私人飞机上了，玛丽却还是死了。法国连总统希拉克、总理约瑟潘都出席了葬礼。玛丽葬于拉雪滋神父墓第四十五区，她左边是大制片商Daniel Toscan du Plantier，右边是名歌手Gilbert Bécaud，后面是老牌演员Sophie Daumier。玛丽得到的左宠右爱，都是由于她父亲，法国表演艺术家让·路易·塔迪尼昂的名望。

当年舆论对玛丽遇害的争论不绝于耳，塔迪尼昂本人始终沉默。他早已离开巴黎的大舞台，回到老家Uzès，这儿离阿维侬（Avignon）四十公里，沿途到处是薰衣草地、葡萄和香蜜瓜田。本地人说塔迪尼昂偶尔会在傍晚走入当地文化社区的活动室，他会捧着尼采的诗篇给大伙儿朗读两段，很多时候观众就十几个。

我只要经过塔迪尼昂住的小镇就一定会自动追星，他无声的举动和紧闭的金口，让我觉得真的很Charme。

05/2017

两公婆之间的暴力

许多国家都设有在紧急情况时免费拨打的电话号码，如火警、急救、匪警治安等。如果打骂孩子老婆，挨打的一方在法国有“制止家庭暴力”“制止对女性施暴”的电话免费拨打。不过我在法国人厨房的冰箱门上看到贴着“制止对女性施暴”的免费电话时，讲实话，有点刺眼。现在在最发达的国家对“制止对女性施暴”讲得最多，事实上在最发达的国家女性地位最被尊重：女总统女总理、女部长女议员、女律师女法官……女性的地位得到几千年来最崇高的抬举。正是在最文明的国家，如果两公婆一开嘴争吵，总是男人先把发言权让出去，女人可以尖叫、可以摔碗碟，还有动手掌掴男人的。

法国“黑色欲望”（Noir Désir）乐队的主唱贝桨·康塔（Bertrand Cantat 1964—）和女友玛丽·塔迪尼昂（Marie Trintignant 1962—2003）争吵，“失手”将其杀死，被判入狱八年。康塔坐了六年监狱后被“有条件释放”，这件事引发大议论。玛丽出生在“法国最具舞台天分的家庭”，是名演员让·路易·塔迪尼昂和导演娜丁·塔迪尼昂的女儿。她四岁开始拍电影，姿容火辣俏丽，大眼睛大嘴巴，四十一岁时已经在三十多部法国、美国电影中扮演角色，演的多为观众不称道的狂野性格，五次被凯撒奖提名但未获奖。外国电影迷即使没听过她的名字，但巴黎演艺界早在玛丽还是个娃娃时就熟知她了。玛丽和四个男人生了四个儿子，孩子们的父亲都有名气：摇滚鼓手、电影演员、电影技师、导演兼作家。她的第五个同居男友比以前的四个更年轻有才，就是歌手康塔。康塔是“黑色欲望”的灵魂人物，这支摇滚乐队1981年组建时只有一把吉他、一个贝斯，一个鼓手和一位主唱，十年后它的单曲排行居榜首，每出一次唱片销量都达几百万，这都归功于康塔。康塔从小迷恋古典文学和法国老电影，还对社会、对政治有一副尤其强硬的态度，他经常在舞台上就宗教歧视、就环境保护、就以巴冲突——都公开表明自己的立场，令听者刮目相看。他高大魁梧、仪表不凡，他还自谦不会演奏，只管填词，只管主唱。不过他一开声，他另类的声线把低音唱得诱惑迷人，还把哲理都写在诗意的歌词中。某个时刻，法语经他嗓子唱出，的确显得别致优美，炫目缭乱的摇滚舞台上，康塔也算拔萃有型。

如果不是他们两公婆吵架，最后打了起来，玛丽受伤跌倒，以前从没有人指责过康塔有什么暴力行为。他们看起来总是如胶似漆，一开始好上，就被观众当成才情男女、神仙眷侣。2003年7月玛丽的导演母亲娜丁去立陶宛拍电影，电影是起用玛丽主演的法国女作家歌莱特执笔的。7月27日康塔来片场探望女友，玛丽跟男友说她想念两个儿子，想和他们的爸爸一起过几天假期，这是事件的导火索，后来被称为“由于嫉妒引起争吵”（媒体语）。康塔后来在法庭上，眼泛泪光忆述，当时他因为喝了酒，情绪失控，对玛丽拳脚相加，令她失足跌倒，才造成脑部受伤。昏迷的玛丽被直升机送返法国，8月1日伤重救治无效离世。

“明知会遭到嘲笑”，康塔还是带着胳膊上两人干仗后的伤痕出现在法庭听证会上，含泪向玛丽的父母和她的儿子们请求饶恕，当然没有人会原谅一个杀人犯。被判入狱后他的房子就被人放火焚烧。后来他带着法院的禁制令出狱：不准发表有关玛丽被害的任何议论、不准为此写书、为此写歌、为此作词，如果他公开论及关于“玛丽”一个字，他就得重新入狱。

这么多年过去了，玛丽的母亲娜丁只要被邀请参加谈“男人对女人的暴力”的节目，就一再强调玛丽的遇害，只要提到康塔，就强调“制止对女性施暴”。她已经很克制了，可是她不放过康塔。

我晚上看这些节目的辞藻时，很心痛，立即换台。人的生命只有几十年，人类的文明已经几千年了。我很同情娜丁一家，可是，我们在面对一个人遭遇的同时，也面对另一个人的遭遇；一个人命运撩拨我们的恻隐之心，另一个人的命运也同样撩拨我们的恻隐之心。让玛丽安息吧，也让她的“选择”安息吧，这个选择是——她生前对康塔的爱恋。

07/2016

用身体写作？

“用身体写作”是不是只有中国的文学批评里才这么说？在外国语里有这么说的吗？说女作家“用身体写作”多少有点看不起她，没灵魂吗？不可以像雨果那样用灵魂写作吗？

法国有一对作家夫妻，有年书店先后摆出这两位作家的新书，女的叫卡特琳·蜜夜（Catherine Millet 1948—），男的叫雅克·昂立刻（Jacques Henric 1938—）。这两个人在新书出版之前已经是法国“主流艺术圈子”里的活跃人物：丈夫“昂立刻”写小说，也长期撰写文学评论，在文化界是著作等身；妻子“蜜

街道上地面的小路标，实图只有一个面包大小。

夜”是艺术杂志 Art Press的总编，这本杂志虽然很不大众化，在很多报摊都见不到，但巴黎当代艺术圈子里的人一定每期都读。蜜夜女士不仅做采访、撰稿、编辑、出版，她还是研究毕加索和法国新现实主义艺术家伊夫·克莱因（Yves Klein 1928—1962）的专家，对欧洲当代艺术及时发表权威性意见，说话掷地有声。前几年有部小制作的法国电影《在墙之间》（*Entre les murs*）同时获凯撒和戛纳几项奖，电影讲的是巴黎郊区“毛里毛躁的下层少年”、贫民学生上中学的故事。电影得奖后洛阳纸贵，又引起观众对下层平民的关注 。一片叫好声中，我在收音机里听到卡特琳·蜜夜又来了，她沉着、尖锐地批评《在墙之间》是“以无产阶级的名义为所欲为”“整个一妖风邪气”。蜜夜声音不紧不慢、抑扬顿挫、成熟性感，竟有点邓丽君当年嘴巴堵在麦克风上面讲广东话的感觉。蜜夜还经常给巴黎的大画廊、大画展剪彩，承担威尼斯双年展和欧洲大型展览的总监。总之，简短一句点评蜜夜女士，就是给后辈艺术家的生死点穴，任凭他们在巴黎艺术门槛外等待得是多么的诚惶诚恐。

就是这样的两个法国猛人，那天双双出场，笑容可掬地一起做签名售书。蜜夜女士的新书是《卡特琳·蜜夜的性生活》（*la Vie sexuelle de Catherine M. Seuil* 2001 年版），封面惊世骇俗：四十岁左右的她裸体登场，身材平平，相貌平平。书内是蜜夜几十年性生活的巨细无遗的描写，婚内、婚外情、一夜情，性俱乐部、停车场、办公室、洗手间、旷野、衣柜都是做爱场所——做得昏天暗地的，有时间有地点，有尺寸有姿势，私密大公开，整个西洋肉蒲团。手中捧着新书的买者排队等签名，眼睛一瞄，也看到旁边她先生的大作：《卡特琳·蜜夜传奇》（*Légendes de Catherine M.* 2001 年版），这一本的封面也是蜜夜，她侧着的脸可供观者认出。封面拍得朦胧迷离，可能二十岁，也可能四十岁，她背对镜头，上身绷紧身衫，下身赤裸，两瓣屁股触目惊心。翻看里面的书页，是这三十年来她各个时期裸照的大方奉送，上身下体，四仰八叉，页页都配以丈夫昂立刻深情款款的短文，把丰盛玉体赞美一番。蜜夜女士卖书的时候已经六十一岁。书市上的读者对着两位鬓发染白的文化人，和一叠叠等待签名卖出的性器官、裸体、人家两公婆的性事，脸皮薄一点的，好像翻也不是、搁也不是。“蜜夜”这个名字这些年，令害羞的男人闻风丧胆，和她睡一觉肯定很爽，就怕睡一觉会被她卖到市场，令街坊周知。

这两本书都被翻译成三十种文字，一本卖出一百多万册，一本卖出了二百多万册，可惜没有翻译成中文出版。几年后，又看到蜜夜出的新书《痛苦一天》（*Jour de souffrance*，*Flammarion* 2009 年版），这本书，蜜夜写了和“性”紧紧相连的“嫉妒”。这次她把性事从身体转向了灵魂：一个女人即使处处留欢，却还是为嫉妒所累！蜜夜文艺地、哲学地引用了蒙田“De toutes les maladies de l'esprit, la jalousie est celle à qui le plus de choses servent d'aliment et le moins de choses, de remède”（没有比嫉妒更不可救药的重病）做总结。

法国文化人名声扬世，巴黎更是一渊深潭，不够重量的鱼鳖翻不起纹浪。如果要想象一下他们的精神世界，我们得踏上巴黎的街道，看看这些文人入过什么祠堂、诵过什么诗经，每天出入什么广场。巴黎的每个广场地下埋着什么故事、法国文人成长中阅读什么书籍、他泡浸的是什么营养……那个世界是丰富的杂烩，沉淀经久，又无比自由。各民族的人种，在巴黎这黑白黄土地汇川，千差万别的语言在此地交聚，法国贡献了一部现世百科全书，里面自然就包括用灵魂写作、用心血写作和用身体写作。

12/2015

女人的权利：怀孕、不怀孕和隐形怀孕

在厨房煮饭时我听到收音机里约瑟潘夫人（Sylviane Agacinski Jospin1945-）正在接受访谈，谈的本来是当天欧盟议员选举在法国的公开投票过程和结果，后来她谈到法国现行的制度和欧洲各国的协调。忽然听到她严肃指责“代孕”这个又时髦又科技的妇女权利。

约瑟潘是法国政界要人，任法国总理时他曾参选总统，之前历任教育部长和政府顾问。他的太太约瑟潘夫人学哲学出身，后做老师，写书。她数量不少的论著多少显示了这个法国女人“女权主义者”的真面目。“女权主义”的概念虽然在各国各个民族解释不一，但似乎都离不开“做女人应有的权利”。“女权主义者”应该就是“为女人争取权利的努力者”。可是现在约瑟潘夫人语气严肃地强调：错，女人并不应该具备全部的权利。

正如男人不应该具备一切的权利一样，男人女人，都不应该具备一切权利。

约瑟潘夫人对“代孕母亲”在欧洲、在发达国家先行、现在正逐步演入全世界的这个“女人权利”尤为反感，她这样解释：如果生为女人就“应该”成为母亲是“女人的权利”，即使这个女人无法生育，她也有权“购买另一个女人的肚子”，这样的权利实在太过荒谬。

关于女人是否愿意生育，女人对生育的责任的话题，法国有一单官司公开后令人郁闷：法国女人维罗妮卡·顾岳（V.Courjault）跟随在韩国工作的丈夫生活。有次她带两个孩子返回法国度年假时被警方拘捕，事因是留在韩国的丈夫让·路易发现自家冰柜里藏有两个死婴后报警。夫妻俩开始时表示不知死婴来源，经DNA检验这些婴儿是维罗妮卡的骨肉，在丈夫完全不知情的情况下，妻子把刚出生的孩子处死。和一切杀人案一样，这案子先是引起全国震惊，维罗妮卡立即遭到逮捕。三年后，随着医学、心理和司法调查的深入，法国人对维罗妮卡，尤其对她丈夫及家里十二岁和十四岁的两个孩子都深怀同情。维罗妮卡的律师在开庭前要求为保护她的两个未成年孩子免受心理伤害不要公开审判，结果被法庭驳回。法国法庭公开审判了此案。

人们对“杀婴妈妈”维罗妮卡最关注的问题是：为什么丈夫让·路易没有发现太太怀孕？2007年法国Stock出版社出了一本Gaëlle Guernalec- Lévy写的书《我没有怀孕》（*Je ne suis pas enceinte*），它实际是一部对孕妇“抗拒妊孕心理”的调查报告。真是不可思议，“隐形怀孕”在生理医学上确实存在。法国每年有八百到两千四百个女人患有给心理带来重大影响的“隐形怀孕”。这些怀孕的女人没有正常怀孕的反应和状况，到六七个月时还是腹部平坦也感觉不到胎动。她们当中有些继续服用避孕药，每月像月经似的排血，有些不适会被医生当成尿道炎或肠胃病。连医生也诊断不出她们怀孕了，她们怎么可能知道自己怀孕了？直到第九个月一颗三公斤重的生命呱呱坠地。这本书中所有隐形怀孕者们都是有名有姓的医学例子，尽管孕妇和家人很快接受婴儿降生的事实，却也得花几个月时间从惊吓中回过神来。

医生说，虽然大部分“隐形怀孕”都会正常结束，但对某些母亲确实会产生不良后果，她们心理受到的突然冲击使她们无法正常护理新生婴儿甚至“当作奇怪东西处理掉”。法国每年都有十宗以上“女人因为杀死自己刚出生的孩子而受到法律制裁”的案件。

“自由法国”公民的“个人行为”很少是不被允许的，因此法国人喜欢说自己是一个世俗的国家。对“怀孕十二周以上的堕胎”“四十三岁以上的人工受孕”、借肚生子、安乐死、同性恋婚姻等等，大多数法国人坚持这些题目攸关伦理，不容易获得法律上的支持，需要特别服务的个别人可以飞去荷兰、西班牙或美国花一笔钱达成心愿，因为在那些国家合法。但法国本土，由医生、律师、老师、家长、政府保守派要员和宗教界等强力组成的队伍，他们坚持做世界上最后的抵抗堡垒。

大家看到四十一岁的维罗妮卡在法庭上默默流泪。她承认杀死了三个初生婴儿。因为在“怀孕期从来没有听到过胎动心跳”，所以她“不认为他们是生命，只是自己肉体的延伸部分，所以没有负罪感地处理掉”。

丈夫让·路易是机械工程师，他以原告身份出庭，以便在审理中能做出对妻子有利的证词。他表示“将全力医治妻子的心理紊乱”，对有可能终身监禁或十年监禁的审判结果，让·路易十分担忧，他说：“我支持我所爱的女人，她是我两个孩子的母亲，我们等待和她团聚”。这天维罗妮卡的外公、外婆、奶奶全都出庭，“我们不明白事因，不过我们原谅她。”他们共同为维罗妮卡撑腰。

如果维罗妮卡通过心理医治后终于明白她处理掉的不是“自己肉体的延伸部分”，而是生命，今后她作为母亲，怎么和活着的两个儿子继续相处？这都是她的权利。

07/2009

法国面包的『国际事件』

费尔南德·雷诺（Fernand Raynaud 1926—1973）讲单口相声时一定会引起哄堂大笑，他是个有名的谐星，法国人特别喜欢听他讲笑话。段子都是他自编自演的：有个阿伯来到酒吧对侍应生叫，我要一杯茶、两个可颂（牛油羊角包）。侍应生好脾气地说：对不起，有茶，没有可颂。阿伯说：那来一杯奶吧，两个可颂。侍应生还是好脾气：有奶，没有可颂。阿伯说：那就给我两个可颂得了！旁边有个不相干的阿伯愤而起立，对侍应生吼：你还真好脾气！换我，早摔他脸上两个可颂了！

我写的没费尔南德讲得好笑。他打扮老派，在大小剧场演出时都系领带、穿西装外套、戴礼帽，一脸严肃地讲笑话，同时用折得方正的老派小布手帕认真擦汗，汗挂在他肥肥的脸颊上，显得胖胖的、憨憨的。他讲笑话，酒吧老板一早还未睡醒就接到电话：您的酒吧几点开门啊？老板答：七点吧。过一会还是那人打来：几点啊？老板答：七点啊。这人隔一会儿打一个电话，把老板搞火了：不跟你说七点了吗！那人说：不好意思，我昨晚被锁在您酒吧里，黑乎乎的看不到钟啊。

费尔南德似乎特别喜欢把酒吧啊、咖啡馆啊、羊角可颂啊拿来讲笑话。1973年他出车祸去世。就是这年他写了个关于“面包”的段子，取名Le douanier（海关关员）。

我不喜欢外国人！因为吧，他们是来吃法国人的面包的（意思是抢法国人饭碗的）！就是这样，我一见外国人的样子就烦！特搞笑，我就是个海关关员（这时费尔南德挤出一张身无技能也能轻松吃皇粮的得意嘴脸），本来应该对外国人和善有礼，可我就是不喜欢他们，他们来吃法国人的面包。我不是傻帽啊，我是个海关关员！我有法律做后盾，投诉任何人我都会赢，你以为我是谁啊， 我是法国人！我阿妈姓“库拉基尔斯坦斯基”（俄国姓），我阿爸姓“皮阿扎诺·云迪蒂”（意大利姓），我以做法国人为荣！我住的小镇上有个外国人，我从不屑叫他名字，就叫他“歪果仁”，见他老婆走过，就叫“歪果仁老婆来了！”我常常轰他：“滚吧！你为什么要来法国吃我们的面包！”有次在咖啡馆见到，他主动过来热乎我，我才不愿意随便跟什么瘪三混一起！我不是傻帽，我是个海关关员啊！他却跟我说：“我怎样也是个人啊，和别人一样我也是个人啊。”当然啦！这不是废话吗？他说：“我也有心、有灵，我和大伙一样啊。”这傻帽还继续废话：“您见过哪个民族做母亲的比其他民族的做母亲的对自己孩子多点或少点偏心？”我都搞不懂这白痴说的啥，以我的大人大量还是听完他废话，我才不是个傻帽，我是个海关关员！然后我说：“滚你蛋，来吃我们的面包！”一天， 他终于说：“你们法国人我受够了，受够你们的面包，你们法国面包我不稀罕。我走了！”外国人带着老婆孩子上船走了。滚吧！不过从那天起，我们没面包了——他是我们村开面包店的。

法国人特别喜欢费尔南德的这个段子，整段都背得下来（很容易背啊），喜欢学费尔南德的口气挤出一张不学无术的无赖脸说："我不喜欢歪果仁！"三十年前没有免费视频时大家买票去剧院听，费尔南德去世后大家买他的录像带看，现在方便了，网上《海关关员》被点击到爆。

如果没有那辆可恶的货车闯祸，今天咱们的费尔南德还活着，他就会听到一件真事：在美国新罕布什尔州（New Hampshire）北部森林边的科尔布鲁克，（Colebrook）因为经济原因已经有不少工场和旅店倒闭，最近一家面包店也面临倒闭，不过不是因为面包卖不出。这家专卖法国面包"巴戟"（Baguettes）的面包店生意极好，却是由于面包店的老板——两个法国人维琏（Verlaine Daeron）和马克（Marc Oulic），他们在美国的E2签证到期，搭飞机返巴黎续签，被巴黎的美国领事馆以"当地人就业机会减少，申请理由不足够为美国经济转机带来促进"为由拒签。消息传回科尔布鲁克竟然引起当地居民的联合抗议，他们串门奔走为两个做面包的法国人写签名信援助。美国本地人在信上写道：我们小镇丁点儿大，许多人一辈子都去不了巴黎一趟，也不知道法兰西是个什么东东，维琏和马克给我们造了一个“小巴黎”，他们的面包是“有气氛的”！两个法国人带着“接近两英镑重”的签名信重返美国领事馆申请，签证马上就下来啦！美国领事馆的人笑：“They said they had never seen such a thing！”（还从没见过这样的事！）

这事被称为“The Baguettes can stay”（巴戟获取美国居留权）。

05/2010

超过两百年的老式公寓入口。

后记

Postscript

文 / 刘西鸿

我看过的书很多都没有“后记”，我一向以为只有高尚高规格的作者，才值得出版人赠予“后记”版页，所以当出版社让做一个后记时我没当真。这里找不到合适的比方，还是拿奥巴马来说事吧，就是那个有名的段子：2009年奥巴马获诺贝尔和平奖时，我们十分不明白，他做总统一年不到，啥和平的事都还没做呢。回答是：正因为他没做，给个奖促迫他去做。

这么想，出版社用心何其良苦，他们慷慨地、委婉含蓄地以如此高的规格，给我以真诚的支撑和鼓励，我唯有自我督促，去继续做值得他们信赖的事情。

这本书签合同那天，世界上很多个城市连续下着大雪，上海、杭州、巴黎……，巴黎这两周正浸着洪水，巴黎人正为持续不退的水灾发愁时，忽然间下了几场大雪，整个巴黎立刻被白色覆盖，外国人都快认不出真实的巴黎街景了。这天我们家的老朋友，美国人丹·马修(Dan Mathews 1964-)从维吉尼亚飞来法国，这趟飞行，是五个月前他的法国出版商为他制定的宣传计划。丹将带着他的新书，和出版商、翻译轮番面见法国重要媒体，《费加罗报》《解放报》《巴黎竞赛报》《每日电视》——都安排了记者和特约摄影师做专题采访。可是因为巴黎机场的大雪，原本九小时的飞行，被搞成了二十五个小时，当中改换了两家航空公司三个航班，在闸口看到丹空着手走出来——航空公司把丹的托运行李给弄丢了！这个时刻，看着机场柜台前挤满近百个因大雪耽误航班找不到行李的乘客，我觉得唯有丹的运气最为糟糕，他为新书媒体发布会准备的正装、礼服、文献资料都在那个该死的托运箱子里！

就在这个时刻，于青在美丽的青岛，在出版集团大楼代我签了出书合同。

和于青相识三十年，我经常只记住她当年文学硕士的学霸身份，忽略了她长期是国家出版繁荣的强力推手。《一支香颂，一个人》如一枝易被忽视的野草，没想到在于青手中来了个命运大翻转。她找到有胆量的有心人——青岛出版社，不以固有的品文趣味，不索要文奇、事怪、姿态潮的西洋风景，使野草得以绽放成花！

在法国这些年，我随波逐流、得过且过，看着中国作家同行们适时而进、笔耕不辍，凭心说，他们始终是我的榜样。我在国外以他们为荣、以他们为骄傲，只要看到他们的名字出现在任何中法文报刊，哪怕一片纸，三行字，我都拾起捧上，好奇而亲密，反复细读。读他们的感觉，我如从孤山进入了树林，从树林登上了秀峰，从秀峰俯览海洋，在温暖光芒的海面上漂荡着舢板，舢板上坐着他们和我……实际上我们一路高低走过，一同喜望沿途杂色。如格非仁兄所言，我们从未、从未被分隔得太远。

于青那边合同刚签完，我这边才开始给丹・马修做晚饭，今晚我做了藜麦和豆腐。丹・马修是纯素食主义者（Veganism），十四岁开始食素至今。过去的三十年中，他在巴黎、摩纳哥、香港、东京都被逮捕入狱过，不过每次不到二十四小时就被释放了，原因只是他和他的同伴，赤身裸体上街抗议使用动物皮毛。今天，丹・马修已经是成员三百万、全球最大的善待动物组织 Peta（People for the ethical treatment of animals）的第二把手，据他亲历编写的关于“善待动物”的著作 *Committed* 首次被翻译成法文 *Super Engagé*（加入吧！）出版（Arthaud 出版社　2018 年版）。这趟丢失了礼服的新书发布旅行，丹的忠实伙伴、好莱坞明星Pamela Anderson全程陪同，在法国为他站台。

我很敬佩丹这样的人，因为他们有信念。为了信念，他们愿意坚持几十年付出热情、付出代价。几十年后，我们看到，世界真的就被一点点地改善了。

有人留意过歌手席琳·迪翁获奖时，每次她上台都会感谢很多人，从上到下、祖父母姨妈姑爹，一长串名单几乎连街坊都点名感谢。现在我深明其意，某人能做成一件美满的好事情，背后得要那么多决定性因素：绝对信任的推荐者、理解者、支持者和实施者。这两天我都和丹·马修一起吃晚饭，听他讲他生活中的奇遇，同时我很自然就想到于青和青岛出版集团——惠于他们，惠于他们做了那么多必要和具体的事情，我才获得此刻的幸运时光。我们——我的好朋友于青老师、丹·马修副会长和青岛出版集团的决策人，我们是同一类的人，我们都相信未来，我们是属于世界上“相信美好未来”的那一群人。

2018年2月11日

法国马赛